KB217975

컬투에
미치다

컬투에 미치다

저자_ 두시탈출 컬투쇼
엮음_ 김주리
그림_ 신동민

1판 1쇄 발행_ 2008. 6. 25.
1판 24쇄 발행_ 2015. 9. 27.

발행처_ 김영사 · SBS 프로덕션
발행인_ 김강유

등록번호_ 제406-2003-036호
등록일자_ 1979. 5. 17.

주소_ 경기도 파주시 문발로 197(문발동) 우편번호 10881
전화_ 마케팅부 031)955-3100, 편집부 02)3668-3278
팩스_ 031)955-3111

값은 뒤표지에 있습니다.
ISBN 978-89-349-7159-7 03810

독자 의견 전화 031)955-3200
홈페이지 www. gimmyoung. com   카페 cafe. naver. com/gimmyoung. com
페이스북 facebook. com/gybooks 이메일 bestbook@gimmyoung. com

좋은 독자가 좋은 책을 만듭니다.
김영사는 독자 여러분의 의견에 항상 귀 기울이고 있습니다.

이 도서의 국립중앙도서관 출판시도서목록(CIP)은 서지정보유통지원시스템 홈페이지(http://seoji. nl. go. kr)와
국가자료공동목록시스템(http://www. nl. go. kr/kolisnet)에서 이용하실 수 있습니다. (CIP제어번호 : CIP2015017243)

컬투에 미치다

두시탈출 컬투쇼 초대박 감동사연

두시탈출 컬투쇼 지음

g김영사on O SBS 프로덕션

세상의 것을 따르지 말고,
무개념 무상식
컬투에 미쳐라!

"두시탈출 컬투쇼? 우리나라 방송 프로그램 중에 (발음할 때) 제일 침이 많이 튀는 제목일거다."

프로그램 제목이 정해졌을 때 우리끼리 우스갯소리로 했던 말입니다. 그런데 그 농담이 예언이 되었는지 〈두시탈출 컬투쇼〉를 한번 들어본 사람들은 "재밌다"고 열심히 침을 튀며 소문을 내고 다니게 되었습니다.

솔직히 말하면, 처음 방송을 시작했을 땐 욕도 많이 먹었습니다. '시끄럽다', '산만하다', '정신없다' 하루에도 수십 개씩 올라오는 항의 글에 의기소침해지기도 했습니다.

'국내 최초의 라디오 공개쇼'라는 거창한 캐치프레이즈를 걸고 방송을 시작했지만, 둘째날 스튜디오를 찾아온 방청객이 달랑 2명이었을 때 기운이 빠져 무릎이 꺾였습니다.

수없는 코너들이 자리를 잡지 못하고 첫 방송이 마지막 방송이 되기도 했고, 품위 없는 방송 언어로 방송위원회의 경고를 받기도 했습니다. 그런데 그렇게 '사가지 없는 방송', 품위 없고, 격조 없고, 교양 없고, 두서없는 방송이 많은 사람들의 사랑을 받게 된 것은 그 속에 우리의 '생활'이 들어있기 때문입니다.

우아한 여배우도 화장실은 가고, 슬픔에 잠긴 상주도 밥은 먹습니다. 경호를 받는 대통령도 어이없는 접촉사고를 당할 수 있고, 점쟁이도 자신의 미래를 예측할 수 없으며, 선생님도 시험문제를 내기 위해 공부를 해야 합니다.

　사람이 살아가는 모든 일, 그 속에서 벌어지는 갖가지 사건들을 가식 없이 형식에 얽매이지 않고 자유롭게 쏟아내기 때문에 사람들은 〈두시탈출 컬투쇼〉를 듣습니다.

　항상 집을 비우는 주인이 개가 혼자 점심을 굶지 않을까 걱정 된다며 방송에서 '밥 먹으라'는 얘기를 좀 해달라고 하면 "뚜껑아(개이름) 밥 먹어라"를 외쳐주고, 당당하게 가리마 탄 자신의 사진을 올려 '이 대팔'이라는 별명을 얻게 된 여고생은 대학생이 되어 스튜디오를 찾아오고, 방청하러 왔다가 방송에서 직접 노래를 불러 클로징을 장식했던 '평촌 가수왕'(평촌 가요제에서 1등한 적이 있는, 가수가 꿈이었던 청년)은 방송 이후, 자신의 이름으로 발매한 앨범을 들고 왔습니다.

　특별할 것 없는 평범한 사람들이 주인공이 되는 방송.

　〈두시탈출 컬투쇼〉는 그렇게 평범한 사람들의 특별한 이야기를 담고 있습니다.

　지난 2년 동안 스튜디오를 다녀간 1만3천여 명의 청취자는 모두가 출연자였고, 게시판에 15만 개 이상의 사연을 올려준 청취자는 모두가 작가였습니다.

　요즘 우리가 자주 하는 말은 "청취자 덕분에 먹고 산다"입니다. 전국 각지에서 각기 다른 일을 하고 있다가도 매일 오후 2시만 되면 어김없이 라디오를 트는 이유는, 물론 거침없는 컬투의 입담도 빼놓을 수 없지만, 무엇보다 다양한 사람들이 들려주는 그 살아있는 이야기들 때문일 것입니다.

이 책은 〈두시탈출 컬투쇼〉에서 방송된 가장 재미있는 '이야기'를 모은 책입니다. 그 가운데 상당수는 이미 출처 없이 인터넷을 떠도는 유머가 되어버렸지만, 모두 우리 청취자들이 직접 겪은 100% 생생한 실화입니다.

이 책을 읽다 보면 세상엔 정말 별의별 사람들이 별의별 일들을 다 겪으면서 살고 있구나, 웃음 짓게 될 것입니다. 내가 겪었던 실수 따위 아무것도 아니었구나, 위안도 얻게 될 것입니다. 나도 이런 일 있었는데, 공감하며 박수치게 될 것입니다.

'책이 꽤 두껍네?' 하는 부담감은 버리시고, '츄리닝' 바람으로 집 앞 술집에 나가 맨 얼굴로 만나는 친구가 들려주는 이야기처럼 편안하고 즐겁게 즐기시기 바랍니다.

마지막으로 자신의 가장 부끄러운 경험담이 되었을 수도 있는 이야기를 과감히 책에 싣도록 허락해주신 모든 쇼단원 여러분께 감사의 말씀드립니다.

두시탈출 컬투쇼 제작진 드림

첫 번 째 이 야 기

아주 사소한,
그러나 소중한

★ ★ ★

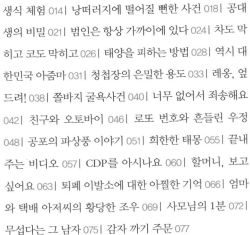

삶이 그대를 속일지라도 열심히 살 것

★ ★ ★

세 번 째 이 야 기

실패, 불안, 곤경, 비난에 대처하는 방법

★   ★   ★

미친 상담소 베스트 5 다시 듣고 싶다

이곳에 오면 모든 고민이 무너집니다!
혼자 가슴속에 묻어둔 고민들, 창피해서 얘기 못하는 고민들,
시시콜콜하고 자잘한 고민들만 받습니다.
성심성의껏 상담하지만, 시원하게 해결되지는 않습니다.

I. 밍키 누나의 고민.
"당나귀 인형과 대화해요···"

외로워도 슬퍼도 안 울어요. 요술봉 대신 관절이 안 좋아서 지팡이를 들고 나왔어요.
이러면 안 되는 거 알면서도 왜 이러는지 모르겠어요.
동키는 2년 전에 사귀던 남자친구가 선물한 인형이에요. 동키야, 밍키 왔다.

아주 사소한,
그러나
소중한

첫 번째 이야기

생식 체험

글쓴이 **임대현**(acedhdh)

때는 5년 전 제가 21살 때입니다.

당시 생식과 채식 습관이 열풍적 인기를 얻고 있었는데, 저도 아는 분의 권유로 큰 마음먹고 3박 4일간 생식 체험을 하게 되었습니다. 장소는 이천에 있는 한 작은 캠프였습니다.

첫날 도착하여 짐을 풀고 우선 시골길을 걸었습니다.

시골이라 그런지 공기가 상쾌했습니다. 풀만 먹어 배는 고프겠지만 기껏해야 3박 4일이고 몸도 건강해지겠지 하는 생각에, 함께한 30여 명은 가볍게 길을 걸었습니다. 그러다 일명 '생식가이드' 아저씨가 풀 하나를 가리키며 "이건 토끼풀인데 먹어도 됩니다"라면서 직접 먹는 모습을 보였습니다. 그러자 참가자들도 주춤거리며 한두 명씩 맛을 보았습니다. 껄끄럽고 텁텁하고 맛도 향도 이상했지만 '이런 게 생식 체험이구나~' 하고는 밥 때만 기다렸습니다.

하. 지. 만. 밥을 안 주더이다.

저녁이 되어 "왜 밥을 안 주냐"고 따지자 "길을 걸으며 풀을 먹지 않았냐"며 오히려 우리를 이상한 눈으로 쳐다보았습니다.

다음날 우린 아침부터 또 길을 걸었습니다.

그리고 먹을 수 있는 풀과 먹지 말아야 할 풀을 배웠습니다. 그날 오후 산 사이로 넘어가는 멋진 석양을 바라보며 우린 느꼈습니다.

배…고…프…다… 살…아…야…겠…다…

다음날이었습니다. 사람들이 이젠 심마니가 다 되었습니다.

알아서 끼니를 해결하기 시작합니다. 생식가이드의 "여긴 드실 수 있는 풀이 많이 자랐습니다"라는 '반가운' 한마디에 사람들은 기를 쓰고 풀을 뜯고 더 많이 먹으려고 경쟁을 합니다. 이렇게 우린 인간 제 초기가 되어 생존 본능의 무서운 힘을 보여주었답니다.

마지막 날 오전에 얼른 짐을 꾸리고 길을 나섰습니다.
그때 우릴 쓰러지게 한 생식가이드 아저씨의 한마디!
우리가 풀 뜯어먹던 길을 가리키며,
"이쪽 길로 가고 저쪽 길로는 가지 마세요!
다음 기수 분들이 오셔서 식사하실 곳입니다."

 : 망초, 질경이, 짚신나물, 싸리, 토끼풀, 쑥, 찔레, 제비꽃, 개고사리…
다 먹을 수 있대요~ 차린 건 없지만 많이 드세요~

 : 너나 먹어. +_ -

★ 금강산은 1만 2천 봉이고 낙화암에서 3천 궁녀가 떨어졌다는데, 그 숫자를 센 사람은 과연 누굴까요? 혓바닥으로 자기 팔꿈치를 핥는 건 불가능하다고 하는데, 그걸 처음 해볼 생각을 한 사람은 누굴까요? 재채기를 할 때 억지로 눈을 뜨려고 하면 눈알이 빠질 수도 있다는데, 그렇게 해서 병원에 실려온 사람이 있었던 걸까요? 먹을 수 있는 풀과 먹을 수 없는 풀, 그건 누가 먹어보고 알아냈을까요?
우리가 무심코 지나치는 사실 하나하나에 그걸 알아내려는 사람들의 노력이 있었다는 걸 생각하면, 대단하지 않습니까? 남들이 생각지도 못 한 일을 시도하고 있는 엉뚱한 사람들…
아마도 그들이 있어서 세상은 변하는 걸 거예요.

낭떠러지에
떨어질 뻔한 사건

글쓴이 **이재항**(nijaggu)

대학교 MT 때 일입니다.

산속에 민박을 잡은 뒤, 전망 좋은 정자가 있는 곳에서 우리는 음주가무를 즐겼습니다. 저도 술에 취할 만큼 취해서 춤을 추며 놀았죠.

 : 언제 대학을 다녔는데 MT 가서 춤을 춥니까?

 : 우리 땐 췄어… 쌍팔년도?

그러다가 춤을 아주 현란하고 과격하게 추어서인지 그만 발을 헛디뎌 낭떠러지에 떨어지고 말았습니다. 평소에 순발력이 좋았던 저는 다행히 나뭇가지 하나를 붙잡고 살게 되었습니다.

발은 안 닿고 밑은 깜깜하고 정말 무서운 순간이었습니다.

바로 위가 정자라 "얘들아! 살려줘! 살려줘!" "야! 나 여기 있단 말이야!" "야 임마!" 하고 막 소리를 질러댔습니다. 녀석들의 뒤통수와 손이 들쑥날쑥 보일 정도로 가까운데도, 친구들은 아무 소리도 안 들리는 듯 계속 춤추고 놀고 있는 거 아닙니까? 아마도 음악소리가 너무 커서 제 소리를 못 듣는 듯했습니다.

그런데 갑자기 약간 밑에서 이상한 신음소리가 들렸습니다.

선배 | 야야~ 불러도 소용없어 ….

나 | 누…구…세요?

선배 | 나야, 삼열 선배. 난 여기 두 시간 전부터 떨어져 있었어. 불러도
저놈들 절대 못 들어. 아주 신났다 신났어. 너도 아까 보니 신나게
놀더라….

알고 보니 삼열 선배도 춤을 추다가 발을 헛디뎌 떨어졌던 것입니다.
우리 둘은 그렇게 나뭇가지에 생명을 맡긴 채 한참 동안 삶과 죽음
에 대해 얘기를 나누며 울기도 하고 웃기도 했습
니다. 그러다 선배가 "도저히 난 팔에 힘
이 없어서 못 잡고 있을 것 같아…" 하면
서 저에게 작별을 고했습니다. 전 "안돼
요, 선배. 힘내세요!" 하며 막 울부짖었습
니다. 선배는 나뭇가지에서 손을 서서히 떼
어냈습니다.

　　툭! 소리와 함께 선배 소리가 들렸습
니다.

"뭐야 이거!"

"……?!?!"

"야! 손 놔 손 놔."

알고 보니 그 높이가 3미터도 안 되는 낭떠러지였던 것입니다.

손 놓으면 바로 땅인 것을, 아주 둘이 울고불고 각본 없는 드라마를 찍었던 걸 생각하면 너무 창피합니다.

그때 그 정자에서 노느라 우리 안 구해준 놈들, 아직도 가슴에 담고 있답니다.

 ★ 당장 죽을 것 같을 때 손을 놓아도 끝이 아닐 수 있습니다. 바로 아래 땅이 있을지도 모르니까요.

공대생의 비밀

글쓴이 **최원경**(cy000532)

안녕하세요? 저는 서울대 화학과에서 박사과정을 밟고 있는 학생이에요.

제 후배 얘기를 하려고 합니다. 지금은 공대에 여학생이 많지만 제가 다닐 때만 해도 남학생들이 판을 쳤어요.

그 틈에 제 후배 다건이가 들어왔어요. 많을 多, 건강할 건健… 이름대로 정말 늠름하게 자란 여자아이였어요. 남자가 많은 공대에서 치이지 않을까 걱정도 했지만, 다건이는 하루가 다르게 생활에 적응한 것은 물론이고 학생회장까지 지낸 뒤 무사히 학교를 졸업했답니다.

그러던 어느 날 우연히 도서관에서 졸업앨범을 보게 됐는데 아무리 찾아도 다건이가 없는 거예요. 겨우 이름으로 다건이를 찾긴 했는데 다건이의 모습은 충격 그 자체였어요.

사진 속 다건이는 굉장히 짧은 더벅머리에 남자 한복을 입고 있었거든요.

 : 졸업사진 찍는데 남자 한복을 왜 입었을까요?

 : 졸업사진 찍는데 여자 한복 입으면 더 이상하잖아요. --;

제 눈에만 이상한가 싶어 과 후배들한테 졸업사진을 보여주며 이 중에 여자가 있으니 찾아보라고 했어요. 후배들은 한 시간 동안 열심히 찾았지만 결국 못 찾았어요.

제가 다건이를 가리키며 "얘가 여자야"라고 했더니 후배들은 경악했지요.

그리고 두 달 뒤 우연히 다건이를 만났어요. 저는 다건이를 보자마자 "야~ 우리 후배들한테 니 졸업사진 보여주면서 여자 있다고 찾아보라고 했더니 한 시간 동안 못 찾더라~ 캬캬캬" 하며 놀려댔습니다.

그러자 다건이가 고개를 갸우뚱하더니 충격적인 말을 했습니다.

"응? 우리 과에 나 말고 여자 세 명 더 있는데…?"

 : 이 글에 달린 리플! ☆

 : 공대생 - 그 세 명 중에 한 명이 나다. 왜? 불만 있냐?

나도 공대 - 공대의 쓴맛을 보여주마. 인두기 갖구 와.

건축과 여학우 - 확 그냥 콩구리 쳐버릴까 보다.

전기여걸 - 공대 놀리냐? 직류 16만 볼트 먹여버린다~

난 기계과 - 괜히 열받네. 프레스로 찍어버린다, 그냥~

토목소녀 - 나 중장비 면허 땄다. 시동 걸구 있음. 기둘려~

난 축산과 - 음… 그냥 소나 치면서 살자구요.

고3 수험생 - 공대라도 가고 싶다. ㅠㅠ (문과생. 수능 168)

이쁘니 - 공대 파이팅!

 ★ 처음 여자를 볼 땐 '예쁜 얼굴' 과 '못생긴 얼굴' 로 나누지만,
사흘만 지나면 모두 '아는 얼굴' 이 됩니다.

범인은 항상 가까이에 있다

글쓴이 **이진숙**(히1413)

수원에서 학교를 다니는 저는 서울로 마실을 가러 친구와 함께 지하철에 올라탔죠. 그날따라 지하철은 더 후텁지근했어요.

근데 어딘가에서 구수한 향내가 올라왔죠.

'이건 보통 방귀가 아니다. 똥 방귀 향기다…'

 : 확 와닿는다. 똥 방귀.

 : 완전 숙성된, 나오기 직전의 상태죠?

전 뀐 사람 들으라고 온 세상 사람들에게 말하듯 친구에게 외쳤죠.

"야! 어디서 이상한 냄새 나지 않냐?!"

그때 문자가 왔어요.
바로 옆에 앉아 있던 제 친구가 보낸 문자였습니다.

"나니까 닥쳐"
"나니까 닥쳐"
"나니까 닥쳐"
"나니까 닥쳐"
"나니까 닥쳐"

 ★ 피할 수 없다면 즐겨라? 즐길 수 없다면 피해라!

차도 막히고
코도 막히고

글쓴이 **김종훈**(rlawhdgns12)

지난 추석 때 있었던 일입니다.

우리 가족은 이모 가족과 함께 외가에 가는 중이었습니다. 저와 동생 두 명은 외사촌형이 운전하는 차에 타고 있었는데, 그 형의 장난기가 보통이 넘습니다.

명절이다 보니 시골 가는 차량이 많아 도로가 꽉 막혀 있었습니다.

그런데 어느 순간부터 외사촌형이 옆 차선의 웬 미모의 여성을 뚫어져라 쳐다보고 있었습니다. 물론 저도 쳐다보고 있었습니다. 그런데 그 여자는 차 안에서 누가 보는 것도 모르고 계속 코를 파고 있었습니다.

 : 제일 민망할 때가 코 파다가 옆 차랑 눈 마주쳤을 때죠.

 : 더 민망할 때는 그 차가 버스였을 때!
 승객들이 다 쳐다보고 있죠.

어느새 그 차는 저희 뒤로 와 있었고 사촌형은 갑자기 뒤차를 보더니 뭔가를 적기 시작했습니다. 그건 여자의 차에 야광으로 붙어 있던 여자의 핸드폰 번호였습니다.

형은 번호를 몇 번 확인하면서 문자를 보냈습니다.

잠시 후 여자가 휴대폰을 집어들어 확인하더니 깜짝 놀라 주위를 두리번거리기 시작했습니다.

사촌형이 보낸 문자 내용은 이랬습니다.

"코 파니까 시원하니?"

 ★ 어느 날 누가 찾아와서 뜬금없이 묻는 겁니다. "너 몇 월 몇 일 몇 시에 어디에서 누구랑 있었지?" 그러면서 나는 생각도 안 나는 그날의 일들을 아주 상세하게 기억하고 있다면 황당하겠죠. 심지어 그날 입고 있던 옷부터 내가 했던 행동까지 일일이 기억하고 확인시켜줄 땐 기분 참 묘해집니다. 어쩌면 나보다 남이 기억하고 있는 내 모습이 더 많지 않을까, 더 나아가 그 기억이 더 정확하고 진실한 건 아닌가 싶기도 합니다. 과연 나는 다른 사람들한테 어떤 모습으로 기억되고 있을지 궁금하지 않으세요?

태양을 피하는 방법

글쓴이 임재윤(mmookk22)

어머니가 남대문시장에서 버스를 타고 집으로 오시던 길이었습니다. 몇 정거장쯤 지났을까… 평범한 아주머니 한 분이 물건이 든 검은 비닐 봉지를 들고 타서 자리에 앉았습니다.

날씨가 약간 선선했지만 창문을 모두 닫은 버스 안으로 들어오는 햇빛은 약간 강했다고 하시더군요. 그런 생각을 하던 즈음 아까의 아주머니가 갑자기 부스럭거리시더니, 검은 비닐 봉지 안에 든 물건들을 다 빼내고는 그 봉지를 마치 휴대폰으로 얼짱 사진 찍듯 오른쪽으로 죽 들어올리시더랍니다. 햇빛을 막기 위해서였죠.

 : 햇빛은 아줌마들의 가장 큰 적이죠.
운동하러 나올 때 아줌마들 유니폼… 아시죠?
자외선 모자로 얼굴 덮고 수건으로 목 감싸고 손엔 흰 장갑!
 : 몇 년째 마주쳐도 얼굴을 몰라요.

어머니는 그 자세가 너무 힘들어 보이면서도 웃기셨대요.

몇 분이나 지났을까. 아주머니는 비닐 봉지를 내리고 오른손을 툭툭 터셨답니다. 팔이 아파서였겠죠. 그러기를 두세 번 반복하다가 이

방법이 아니다 싶었는지, 그 아주머니 잠시 부스럭거리더니 검은 비닐 봉지를 아예 얼굴에 쓰시더랍니다. 어머니는 킥킥 웃으시다가 몸을 약간 빼서 얼굴을 봤더니 비닐 봉지에 눈, 코, 입 구멍을 내더랍니다.

그 상태로 버스는 계속 달렸고, 사람들이 타기 시작했습니다. 사람들은 자연스럽게 버스에 올라 카드를 찍고 빈 자리가 없나 둘러보다가, 그 아주머니를 보고 움찔거렸다고 합니다. 그 중에는 화들짝 놀라는 분들도 있었지요. 그러나 그분은 꿋꿋하게 비닐 봉지를 쓰고 앉아 계셨습니다.

버스에 사람들이 많이 탔지만 그 아주머니 사방 1미터 안에는 사람들이 접근을 하지 않았다고 합니다. 그런데 어느 정거장에서 휴가 나온 군인 세 명이 탔습니다.

군인들은 자기들끼리 얘기를 나누며 자연스럽게 사람이 없는 곳에 섰습니다. 바로 그 아주머니 앞에 말이죠. 아주머니도 군인들을 보고 약간 움찔하셨고, 군인들도 뒤늦게 아주머니를 발견하고 멈칫했다고 합니다. 군인들도 말없이 조용히 가기 시작했는데 어찌나 엄숙했는지 마치 테러리스트라도 호송하는 것 같았다고 합니다. 그리고 또 몇 정거장 갔을 때 청원 경찰이 "기사님 수고하십니다" 하면서 탔습니다.

　보통 경찰들은 버스에 타면 그냥 앞에 서 있다가 한두 정거장쯤 뒤에 내리는데, 이 경찰이 타자마자 아까 탔던 군인 한 명이 이름을 부르며 아는 체했습니다.

　둘이 친구였나 봅니다. 경찰도 반가워서 군인들이 서 있는 곳으로 왔습니다. 순간 군인들의 테러리스트 호송작전은 군경 합동작전으로 커졌습니다. 군인과 경찰이 서로 반갑게 이야기를 나누는 동안 아주머니는 슬며시 비닐 봉지를 벗었습니다. 그리고 다시 물건들을 집어넣고 두 정거장쯤 뒤에 내리셨습니다.

　군인과 경찰도 같이 내리기에 창 밖을 보니 군인과 경찰이 그 아주머니 뒤를 쫓더랍니다. 아주머니 비닐 봉지에 구멍이 있어서 물건들을 하나둘씩 흘렸던 것이죠. 군인과 경찰은 흘린 물건을 주워서 아주머니를 쫓아간 것입니다.

　대한민국 경찰, 군인, 아줌마 모두 파이팅! 입니다.

 ★ 어머니께 선크림을 사드립시다!

역시 대한민국 아줌마

글쓴이 **김일영**(dlfduddltkfk)

일을 마치고 집으로 향하는 마을버스를 탔습니다. 자리가 마침 있어 자리에 앉아 아무 생각 없이 버스에 오르는 사람들을 보고 있었습니다.

마을버스 자리가 다 찼을 무렵 한 아주머니가 타셨습니다. 두리번거리더니 제 앞좌석에 앉은 아저씨 옆에 자리를 잡고 서 계셨습니다. 몇 정거장 지나지 않아 아주머니 핸드폰이 울려대기 시작했습니다. 아주머니는 가방을 이리저리 뒤지더니 핸드폰을 찾아들고 마을버스가 울려라 전화를 받으셨죠.

 : "지금 버스라서 길게 통화 못 해~" 그러면서 내릴 때까지 통화하죠.

 : 버스에 있는 모든 사람들이 통화내용을 다 알게 되구요.

통화를 하던 중 아주머니는 "잠깐만, 잠깐만" 하더니 가방을 뒤져 메모지와 펜을 꺼내셨습니다. 그리고 주위를 둘러보다가 앞에 앉아 계신 아저씨에게 시선이 꽂혔습니다. 아저씨도 아주머니와 눈이 마주쳤습니다. 아주머니가 아저씨에게 메모지와 펜을 건네며 고갯짓으로 적으라는 시늉을 하자, 아저씨는 얼떨결에 아주머니가 부르는 대로 받아 적었습니다.

"어 그래 불러봐~ 어 불광동 111-2222라고?"

통화를 끝낸 후 아주머니는 아저씨에게 메모지와 펜을 돌려받고는 씨익 웃으셨습니다. 잘했다는 듯 아저씨 등을 몇 번 쓰다듬어주기까지 하셨죠.

뒤에서 보고 있자니 어찌나 우습던지요. 엽기적인 아주머니는 태연한 반면 아저씨가 도리어 쑥스러워 머리를 긁적이셨습니다.

대한민국 아줌마들, 역시 알아줘야 합니다.

 ★ 아줌마! 그녀의 또 다른 이름은 어머니, 집사람, 아내, 마누라… 남자들은 집사람에게 의존하고 살면서 마누라는 지겨워합니다. 우리는 어머니에게 받기만 하면서 아줌마는 무시합니다. 남편을 위해, 자식을 위해, 가족을 위해 용감해질 수밖에 없는 그 이름! 아줌마는 위대합니다.

청첩장의 은밀한 용도

글쓴이 **유봉호(tatman)**

　　서민들의 발이라고 할 수 있는 지하철을 타고 다니다 보면 별의별 광경을 다 보게 됩니다. 그 중 진풍경은 주로 막차에서 펼쳐지지요. 신발을 가지런히 벗고 좌석을 안방 침대로 생각하고 누워서 자는 아저씨, 사소한 시비로 목숨을 거는 젊은 남자들, 고개 방향을 12시 5분 전으로 기울여서 자는 아가씨나 앞으로 숙이며 자는 사람들… 사람 구경 하다 보면 어느새 내릴 곳에 닿아 있답니다.

　　며칠 전 1호선 막차에서 있었던 일입니다.

　　지하철을 타다 보면 간혹 침을 질질 흘리면서 자거나 코를 골며 주무시는 분들이 계시지 않습니까? 그런데 그날은 어디서 호두알 굴리는 소리가 들리는 겁니다.

　　"빠드득… 빠드득… 빠드득… 빠드득…"

　　조그맣던 소리가 점차 커지면서 차량 안에 있는 사람들의 귀에 거슬릴 정도가 되었습니다.

　　사람들은 소리의 주인공을 찾기 시작했습니다.

　　"아니, 이거 무슨 소리지?" "누구야?"

 : 누구야, 누구야, 누구야, 누굽니까!

 : 이게 대체 무슨 소리야? 무슨 소리지? 무슨 소리야? 뭔 소리여?

그 소리의 정체를 알고는 모두들 경악을 금치 못했습니다. 그것은 바로 이 가는 소리였습니다. 어떤 아저씨가 너무 피곤했는지 이를 갈며 주무시고 계셨습니다.

"빠드득… 빠드득… 빠드득…빠드득…"

지금 생각해도 온몸에 소름이 끼칩니다.

차량 안은 계속 술렁거렸습니다.

"저 사람 뭐야?" "끔찍하다!" "아니 어떻게 좀 해봐~"

 : 뭐야? 뭐야? 뭐야? 대체 뭐하는 놈이야?

 : 어머, 웬일이야? 저런저런… 너무해~ 어떻게 좀 해봐요~

사람들은 자신의 말을 얼굴과 얼굴로 전했습니다. 그러나 자는 사람을 어쩌겠습니까? 속으로 불평만 하면서 가만히 있을 수밖에 없었습니다. 그런데 노약자석에서 단잠을 자고 있던 한 아저씨가 이 가는 소

리에 잠이 깨고 말았습니다. 그 아저씨도 역시 한잔 하셨습니다.

"잉 뭐야? 누구여? 누가 신성한 지하철에서 시 끄럽게 해?"

아저씨는 이 가는 소리보다 더 크게 말씀하셨습니다. 그러더니 두리 번두리번 이상한 소리의 근원을 찾기 시작하셨습니다. 사람들은 묵묵 히 그 아저씨의 행동을 지켜보고 있었습니다.

"잉 이빨을 갈아? 여기가 어디라고 이빨을 갈아? 나이 든 사람이 공 중도덕을 지켜야지! 모두가 함께 이용하는 신성한 지하철에서 이빨을 갈다니… 이건 도저히 용납할 수 없는 태도야!"

열받은 아저씨는 갑자기 안주머니에 손을 집어넣더니 무엇인가를 찾았습니다.

사람들은 속주머니에서 나오는 물건이 뭘까 궁금해했습니다. '잭 나이프? 과도? 송곳? 뭘까?' 모두들 숨을 죽인 채, 속주머니에 들어간 아저씨의 손을 응시했습니다. 그런데 아저씨 손에 딸려 나온 것은 바로 청첩장이었습니다.

아저씨는 청첩장을 찢으셨습니다.

'아니, 저 아저씨 뭐하려고 청첩장을 꺼냈을까?' 모두들 아저씨의 다음 행동을 기다렸습니다. 우리의 법 집행관은 공공의 적(?)에게 다가가더니 그 아저씨의 코에 청첩장을 살짝 밀어넣었습니다. 그리고 자기가 안 한 것처럼 딴청을 피웠습니다.

그런데 이 가는 아저씨는 잠이 너무 깊이 들었는지 아무런 반응이 없었습니다.

첫 번째 계획이 수포로 돌아가자, 청첩장을 집어든 아저씨는 다시 이 가는 아저씨에게 다가가서 갑자기 청첩장을 입 안으로 넣어 윗니와 아랫니 사이에 끼웠습니다. 이 방법은 효과가 있었습니다. 이 가는 소

리가 잦아들더니 잠시 후에 문제의 그 아저씨가 정신을 차린 겁니다. 청첩장 아저씨는 옆에 서서 내릴 것처럼 딴청을 피웠습니다. 이 광경을 지켜보던 다른 승객들도 얼른 시선을 피했답니다.

아저씨는 자신의 코와 입에 왜 종이가 있는지 모르겠다는 얼굴이었으나 술 기운 덕에 다시 잠들어버렸습니다. 사람들 모두 웃음을 참느라고 애쓰고 있었습니다. 각자 목적지에 내리고서야 참았던 웃음을 터뜨렸지요.

지하철에서는 제발 이 같지 마세요. 민폐도 그런 민폐가 없답니다.

★ 누구랑 싸우고 확 나가려는데 문이 안 열릴 때와, 문 쾅 닫고 나왔는데 가방 두고 나왔을 때, 둘 중에 어느 쪽이 더 황당할까요? 아는 사람인 줄 알고 뒤통수 쳤는데 모르는 사람일 때와, 아는 사람인 줄 알고 웃으면서 뛰어가다가 모르는 사람인 거 알고 지나쳐서 계속 뛰어갈 때, 둘 중에 어느 쪽이 더 창피할까요?
살면서 황당하고 창피한 일은 가급적 없었으면 좋겠지만, 그런 일이 많아야 나중에 할 얘기도 많은 것이 사실입니다. 사건 사고 없는 인생은 평탄하다 못해 지루하지 않습니까?
오늘도 추억이 될 만한 자잘한 사고들이, 많이는 말고 조금씩만 생겼으면 좋겠습니다.

레옹, 엎드려!

글쓴이 **조경미**(ds5scff)

때는 10여 년 전입니다. 당시 대학교에 다니던 저는 친구랑 할 일 없이 캠퍼스를 누비고 있었습니다.

아, 일단 제 친구 소개를 해야겠네요. 제 친군 별명이 '시큰둥이'랍니다. 아무리 재미난 일을 해도 항상 "뭐 별로" 이런 식이죠. 하도 그러니까 친구들도 이제 '그러려니' 합니다.

전 당시 최고의 인기였던 〈레옹〉을 보자고 꼬드겼습니다.

나 | 할 일도 없고 수업도 끝났으니 우리 영화 보러 갈래?

　　〈레옹〉 정말 재미있대~

친구 | 뭐 별로…

나 | 에이~ 가자~ 응 응 응?

친구 | (시큰둥해하며) 그러든가…

그리하여 〈레옹〉을 둘이 나란히 보게 되었답니다. 영화를 보면서도 친군 "뭐 별로네"를 연발하더라구요. 영화가 중반에 접어들고 레옹과 악당 간에 총격전이 벌어지고 엎치락뒤치락 싸우는데… 와우~ 잼나더라구요. 그때 악당이 뒤에서 레옹을 쏘려고 했던 장면이었답니다.

긴장감이 최고조를 이루고 모두 숨을 죽이고 있는데 영화 보는 내내 시큰둥해하던 그 친구가 갑자기 벌떡 일어나더니 극장이 떠나가라 큰 소리로,

"레옹 엎드려!"

전 깜짝 놀랐습니다. 얼른 극장에 있던 사람들을 둘러보니 다들 놀란 표정으로 저흴 보고 있더라고요. 그런데 그 친구 영화를 다 보고 나오면서 한는 말,

"뭐 별로…"

헐헐~ 할 말이 없었답니다.

 : 이 친구 이름… 제가 압니다. 새라 김~ 김새라.

 : 아니면 산다 김~ 김산다.

 ★ 목욕이 우정을 두텁게 해주는 것은 상대의 모든 것을 보아서가 아니라 나의 모든 것을 보여주었기 때문이라고 하죠. 부끄러워하지 말고 모든 걸 보여주세요.

쫄바지 굴욕사건

글쓴이 **최윤정**(ruby0417)

요즘 유행하는 레깅스 패션을 보니 문득 10년 전 일이 생각나 글을 올립니다.

저는 수원 D여고를 다녔는데요, 당시 우리 학교는 남색 교복에 눈처럼 흰 스타킹을 신었습니다. 흰색 스타킹은 단정하고 깔끔해 보인다는 장점이 있지만, 비라도 오면 흙탕물로 인해 달마시안 다리가 되는 걸 감수해야 했습니다. 그 소재도 얇아서 겨울엔 매우 추웠습니다.

이 사연은 겨울에 흰 스타킹만으로는 너무 추워 학칙을 위반하고 스타킹 대신 흰 쫄바지를 입고 다닌 J양의 이야기입니다.

사실 J양뿐만 아니라 많은 학생들이 유행처럼 쫄바지를 입고 다녔습니다. 그러던 어느 날 불시에 대대적인 쫄바지 단속이 시작되었습니다. 단속에 걸린 학생들은 모두 그 자리에서 쫄바지를 벗어 선생님께 드려야 했습니다. 우리 반은 그나마 담임이 여선생님이셔서 덜 민망하고 덜 수치스러웠지요.

많은 학생들이 눈물을 흘리며 쫄바지를 벗었고 제 친구 J양도 쫄바지와 기약 없는 작별을 했습니다. 선생님은 어디에 쓰실 건지 그 많은 쫄바지를 들고 교실을 나가셨고, 우리는 그렇게 쫄바지 단속이 마무리되는 줄 알았습니다. 그런데 그때 선생님께서 하얗게 질린 얼굴로 들어

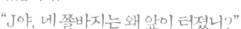

오시더니, 조금 떨리는 목소리로 J양을 부르시는 게 아니 겠습니까? 영문을 몰라 어리둥절한 표정으로 선 J양에게 선생님은 물으셨습니다.

"J야, 네 쫄바지는 왜 앞이 터졌니?"

그렇습니다. 알고 보니 친구는 아버님의 내복 바지를 입고 왔던 것입니다!

 : 친구의 체형 = 아버님 체형?

아버님이 한 번도 입지 않은 새 내복 바지는 튼실한 친구 다리에 마치 쫄바지처럼 착 붙었 기에 쫄바지로 위장하기 딱 좋았던 거죠.

★ 저주받은 하체, 하체비만의 특징을 살펴볼까요? ①다른 부위에 비해 차다. ②성격이 내성적이고 잘 참는다. ③아랫배가 차다. ④남과 경쟁하기보다는 혼 자서 무언가를 이루는 것에 만족을 느낀다. ⑤주로 아침에 기운이 없고 오후가 되면 나아진다. ⑥조금만 신경을 써도 용변에 문제가 생긴다. ⑦아침식사를 자주 거른다.
★ 이쯤에서 하체비만을 없애기 위한 방법도 소개해야겠죠? ①반신욕을 즐길 것. ②아랫배 는 항상 따뜻하게. ③일찍 자고 일찍 일어나기. ④생강차나 계피차 같은 따뜻한 차를 자주 마시기. 무엇보다도 혼자서 뭘 해결하려고 하지 말고, 자기 자신을 자주 표현하는 게 좋대 요. 결국 성격이 몸매도 만들고 인생도 바꾸는 겁니다.

너무 없어서 죄송해요

글쓴이 **박영우**(remix83)

그 무섭고도 엄청난 사건이 일어난 것은 제가 입대하기 두 달 전쯤이었습니다. 군대 간다고 한창 폐인모드 생활을 즐길 때였죠.

그날도 어김없이 밤새도록 PC게임을 하다가 아침밥 먹고, 집에서 키우는 강아지 두 마리를 양 옆구리에 끼고 잠이 들었습니다.

낮 12시쯤 됐을까. 한참 자고 있는데 갑자기 옆구리에 끼고 있던 강아지들이 꿈틀거리기 시작하고 밖에 문 소리와 인기척이 들려왔습니다. 전 '또 가위에 눌렸구나' 생각했는데 몸을 움직이니깐 움직이데요? 원래 가위 눌리면 안 움직여지는데 말이죠.

오, 마이 갓…

그럼 왜 집에 사람 소리와 발자국 소리가 들리는 걸까.

놀란 마음에 눈을 화들짝 뜨는 순간 누군가 이불을 얼굴까지 덮쳤습니다. '앗 이게 바로 〈사건 25시〉에서나 보던 대낮 강도 사건?' 심장이 터질 듯한 공포심과 '오늘부로 밥숟가락 놓겠구나' 하는 두려움이 밀려들었습니다. 머릿속은 온통 살아야겠다는 생각뿐… 그 짧은 10초 동안 머리를 굴려 두 가지 방법을 생각했지요.

첫째, 강도와 싸우자.

둘째, 강도에게 말을 걸어 친해지자.

그런데 가만 보니 강도가 한 명도 아니고 두 명도 아닌, 세 명이나 되는 겁니다. 맞서 싸우는 건 일단 안 되겠고, 친해지기 위해 말을 걸었습니다.

나ㅣ 저기요… 죄송한데요, 이불을 얼굴까지 덮어서 너무 덥고 숨이 안 쉬어지거든요.

강도 1ㅣ 조용히 해! (창문을 살짝 열면서) 이제 됐냐? 이불 밖으로 콧구멍만 내밀어!

나ㅣ 네…

강도 2ㅣ (내 바지 뒷주머니에 있는 지갑을 꺼내보면서) 이 카드 비번 대!

나ㅣ 그거 현금카드인데요… 통장에 5천원 들어 있어요.

강도 2ㅣ 그… 그래도… 대!

나ㅣ 네…○○○○이요. 근데 5천원 넣어서 만원으로 뽑아야 될 거예요. 그리고요, 강아지만은 건드리지 말아주세요. ㅜㅜ

강도 2ㅣ … (강아지를 보면서)쭈쭈쭈… 이그 착하지… 쭈쭈쭈

강도 3ㅣ 너네 아빠 차 차종이 뭐야? 그리고 집에 금 어딨어?!

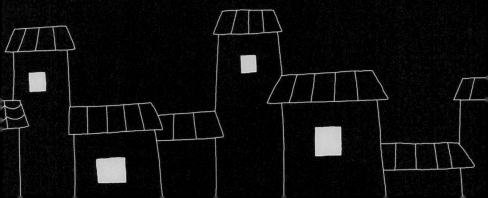

나 | (왠지 좋은 차 말하면 안 될 것 같아서) 아빠

　　차 티*구요, 금은 없고… 제 목걸이…

　　은 있어요.

강도 3 | 이런 젠장…

강도 1 | 너 그대로 가만히 있어 …

　　움직이면 죽어!

어휴~
요즘 왜 이렇게
되는 일이 없지?

너무 없어서
죄송해요

　그때 전 느꼈죠. 저런 말을 할 시점이면 강도가 이제 철수한다는 것
을… 아니나 다를까 정확히 10초 후에 이불을 젖히고 보니 강도들이
뒷 베란다로 나갔더라구요. 참고로 저희 집은 2층인데 거기서 뛰어내
렸으면 최소한 다리 한 쪽은 부러졌을 텐데…

　멀쩡히 갔을까 한편 걱정을 하면서 전 급히 밖으로 나가 부동산에 들
어가서 112에 신고를 했습니다. 5분 만에 경찰차 두 대와 형사 열 분이
오시더군요. 지문검사 및 여러 절차를 밟더니 다시는 이런 일 없도록
하겠다며 철수했습니다. 물론 강도는 못 잡았지요.

2층 높이에서 뛰어내린 3인조 강도님들!

이 방송 들으면 몸은 어떤지 리플 달아주세요. 다리가 부러졌는지 안 부러졌는지 궁금하기도 하구요. 그리고 제 지갑에 있던 로또 5천원 짜리 맞은 거 두 장이랑 돈 3만원, 은 목걸이, 우유 한 통 가져가서 잘 먹고 잘 살고 있는지 안부도 궁금하네요.

 ★ 사람이 가진 가장 사랑스러운 매력은 귀여움이 아닐까요? 귀여워서 봐줬다는 말, 그냥 나온 말이 아니에요.

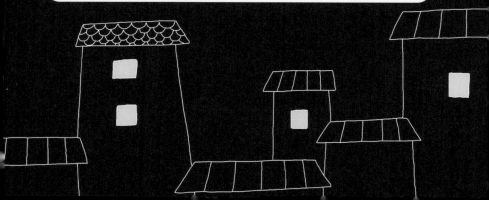

친구와 오토바이

글쓴이 한전봉(gkswjsqhd)

무더운 여름날이었습니다. 친구 셋이서 오토바이를 몰고 시내로 나갔습니다(참고로 시골입니다). 오토바이 한 대에 세 명 다 몸을 싣고 달렸죠. 우리가 시내로 나가기 위해선 사거리 검문지역을 통과해야만 했습니다.

그때는 면허증은 고사하고 헬멧도 한 개밖에 없었습니다. 별 생각을 다 했습니다. 면허증도 없고 헬멧도 안 썼으니 경찰에게 걸리면 죽도록 맞고(?) 벌금도 많이 내야 하는 것 아닐까 싶었습니다. 그러던 중 어느덧 사거리가 눈앞에 다가왔고 경찰도 함께 보이기 시작했습니다.

우리는 잠시 서서 경찰이 우릴 미처 보기 전에 어떻게 저길 지나칠 수 있을까 의견을 나눴습니다. 그때 한 친구가 정말 엉뚱하면서도 기발한 아이디어를 냈습니다.

헬멧 안의 스티로폼을 뽑아내 껍데기는 친구 한 명이 쓰고 또 다른 친구는 스티로폼을 쓰자는 것입니다. 그 상황에서 더할 나위 없는 의견이었지만 남은 한 명이 문제였습니다. 그런데 그때 마치 운명처럼, 우리 옆으로 펼쳐진 수박밭이 눈에 들어왔습니다. 우리는 다들 "저거다!" 외치며 수박 한 통을 따왔습니다. 수박을 반 갈라 내용물은 먹고 빈 껍데기를 나머지 한 명에게 씌웠습니다. 우리는 그렇게 헬멧 비슷

한 모습으로 검문소 앞을 전력질주 했습니다.
그리고 살짝 경찰을 쳐다보았습니다.

　그 경찰은 휙 지나가는 우리를 보면서 "저건 뭐지? 헬멧은 아닌 것
같은데…" 하는 표정을 짓는 것이었습니다. 우리는 아차 싶어 더욱 속
도를 내었고 역시나 경찰차는 우리를 쫓아왔습니다. 우리는 딱 걸려
욕도 많이 먹고 벌금도 물었습니다.

　참 재미있는 추억이죠?

 : % * $ % · # $ % & * * & · & $ % # # @ #
(사연 구겨지는 소리)

 : 수박 껍데기 쓰고 오토바이 타고
로비로 오세요~

 ★ 6 · 25가 왜 일어났는지 아십니까?
방심해서… 언제 어떤 순간에도 방심은 금물입니다.

로또 번호와
흔들린 우정

글쓴이 **이재경**(trumpet2486)

제 후배 얘기입니다.

 : 이런 경우, 대부분 본인 얘기인 경우가 많죠?

 : 네~ 이재경 씨 얘기입니다.

제 후배 친구 생일날, 친구들은 축하 선물과 이벤트를 준비하고 있었습니다.

그 이벤트 중 하나!

지난주 로또 1등 번호 그대로 로또를 사고 지난주 추첨 방송을 녹화한 뒤, 생방송으로 추첨하는 그 시각에 소주방 TV에 녹화된 비디오를 몰래 틀기로 했습니다. 물론 소주방 주인과 짜고 말이죠.

후배와 친구들은 생일 파티를 하며 선물을 하나하나 주었습니다.

그 중 최고의 선물은 역시 로또! 다들 1등 되라고 덕담도 잊지 않았죠. 친구는 1등이 되면 '넌 뭐 사주고, 넌 뭐 해주고…' 지키지 못할 약속을 남발했습니다.

그러던 중 계획대로 TV에서 로또 추첨 방송이 나오기 시작했습니다. 친구들 모두 TV를 보는 척하며 그 친구를 흘깃흘깃 바라보았습니다.

번호가 하나 둘 셋 맞기 시작하자, 친구는 눈이 점점 커져갔지요. 그리고 손에 든 로또를 점점 가슴팍으로 가져가기 시작했습니다.

드디어 여섯 개의 숫자와 한 개의 보너스 번호가 다 추첨된 순간!

그 친구는…

친구는…

소주방을 박차고 뛰기 시작했습니다.

모두들 예상하지 못 한 반응이라 그 친구를 따라 뛰기 시작했죠.

"야~ 그거 가짜야!"

하지만 그 친구는 이미 칼 루이스보다 빠른 속도로 사라졌습니다.

연락 두절… 집에도 안 오고 그 친구는 일주일간 보이지 않았습니다.

일주일 후 들은 소식으론 여행을 갔다고 하더군요.

조용히 혼자서…

★ 길을 가다가 바닥에 떨어진 돈을 보고 스쳐지나간 적이 있을 겁니다. 돌아가서 주워오지는 못하고 신경은 계속 쓰이고… 그러면서 아무 일도 없었다는 듯 걸어가야 할 때는 안타까운 마음뿐이죠. '에이~ 내 돈도 아닌데, 뭐' 체념하려고 해도 아깝죠. '차라리 잘한 거야' 스스로 위로를 해봐도 아깝죠. 두고두고 아깝죠. 솔직히 내 돈도 아닌데 그런 돈은 왜 그렇게 아까운지 모르겠어요. 정작 손해 본 건 없는데 말이죠. 우리가 억울해하고 아까워하는 것들 중에는 원래부터 내 것이 아니었던 게 있을 겁니다.

공포의 파상풍 이야기

글쓴이 김민석(ellapion)

　친구가 고등학교 때 경험한 일인데, 편의상 제가 겪은 것처럼 쓰겠습니다.

　집이 넉넉하지 못 하여 용돈만으로는 데이트 비용과 유흥비를 충당할 수 없었던 저는 주말마다 공사현장에서 알바를 했습니다. 여느 일요일과 다름없이 공사현장으로 일하러 간 저는 열심히 일하는 도중 그만 각목에 박혀 있는 못을 잘못 밟아 찔리고 말았습니다. 살짝 찔려서 대수롭지 않게 생각했지만 그건 너무 오래되어 녹이 슬 대로 슨 대못이었습니다.

　옆에서 일하던 아저씨가 순간 큰일났다고 호들갑을 떠셨고 주위에서 일하시던 분들이 모두 몰려와서 제 발을 살펴보셨습니다. 연고 바르면 괜찮다는 아저씨도 있었지만 '저거 잘못하면 파상풍으로 다리를 절단해야 한다'는 의견이 대다수인지라 너무나도 놀라고 초조하고 불안하고 공포스러웠습니다(감방을 가도 거기 있는 분들(?)이 너 몇 년 살겠다 하면서 판사보다 먼저 판결을 내려준다잖아요. 그게 더 정확하죠).

　공포감이 최고조에 달한 바로 그때, 파상풍에 걸린다고 호들갑을 떨던 한 아저씨가 응급처치를 해야겠다고 하셨습니다.

　그러면서 주위 아저씨들한테 소주와 라이터를 가져오라고 했고, 새

참으로 먹으려 했던 소주 3병과 라이터 5개가 앞에 놓였습니다. 먼저 제 다리에 소주 두 병을 붓더니 아저씨 셋이서 상처부위를 지지기 시작하셨습니다. 다쳤을 때는 고통이 없었는데 응급치료하는 아저씨의 손놀림에 고통이 밀려왔습니다. 하지만 꾹 참았답니다. 다리를 절단할 수는 없었으니까요.

라이터로 한참을 지지더니 마지막 소주 한 병을 붓는 걸로 응급처치는 끝났습니다.

"내가 노가다만 15년이여. 이렇게 했으면 괜찮어, 괜찮어."

"정말 큰일날 뻔했지만 응급처치 했으니까 별 문제 없을 거야"라며 소장한테 말해줄 테니 일당 챙겨서 일찍 들어가 쉬라고 하시더군요. 눈물이 핑 돌았습니다. 처음 보는 저를 당신 몸처럼 아끼고 신경써주시는 주위 노가다 아저씨들…

저는 일당을 받아 박카스를 사서 아저씨들에게 한 병씩 돌리며 고마운 마음을 표시한 후 집에 돌아와서 쉬었습니다. 자고 일어나면 괜찮겠지 생각했습니다.

그런데 그날 저녁 너무나도 큰 고통에 참을 수가 없었습니다.

이미 못에 찔린 다리는 제 다리가 아닌 듯했습니다. 결국 주무시고 계신 아버지를 깨워서 응급실로 갔습니다. 응급실로 가는 내내 '파상풍… 파상풍… 다리 절단… 다리 절단…' 하는 생각만 들었습니다.

　곧 응급실에 도착했고 의사 선생님께서 제 다리를 보고는 "쯧쯧쯧… 젊은 사람이 조심 좀 하지…" 몇 마디 하더니 자리를 뜨셨습니다.

　'파상풍이구나. x됐다.'

　앞으로 어떻게 살아가야 할지, 눈앞은 캄캄해지고 죽고 싶은 심정이었습니다. 시간이 지나도 의사 선생님은 들어오시지 않았고 한참이 지나서야 간호사가 오셨습니다. 그리고 제 다리에 연고를 바르더니 자리를 뜨려고 하시는 거 아닙니까? 엥?

나 | 전 어떻게 되는 거죠?

간호사 | 약 받아서 가셔도 돼요. 내일 한 번 더 오세요.

나 | 네? 저 파상풍 아닌가요?

간호사 | 엥? 웬 파상풍이요? 화상인데요.

나 | 화상이요? --;

그렇습니다.

못에 찔린 건 별것 아니
었습니다. 진짜 아니었습니다.
아저씨들이 제 발에 소주를 붓고
라이터로 지진 게 제 고통의 전부였
습니다.

 : 영화를 너무 본 거죠.

 : 2차 대전 총알 맞은 것도 아닌데 말이죠.

파상풍이 아니라 화상이라니… ㅠㅠ 억울하고 분했습니다. 하지만
하루하루 일당을 받고 여기저기 다니시는 아저씨들이었기에 찾을 길
이 없었습니다. 억울하고 분하고 아깝기만 한 내 박카스…

 ★ 약은 약사에게 진료는 의사에게!

벌써 회식인가?
고기 굽는 냄새가
나네~

희한한 태몽

글쓴이 **정여진**(freegw)

저는 임신 4개월째인 예비 엄마입니다.

아직 태동을 느끼거나 하진 않지만 뱃속에 아기가 있다고 생각하니 신기하고 하루하루가 행복하답니다. 마침 우리 막내형님도 저와 비슷한 시기에 임신을 하셔서 얘기가 잘 통하곤 하죠.

 : 원래 옆에서 임신하면 샘내서 같이 임신한다고 하잖아요.

 : 개를 키우면 개가 샘내서 아기가 안 생긴다고도 하구요. 신기하죠?

지난 추석 때 일입니다. 시댁 어른들과 며느리들이 둘러앉아 송편을 빚고 있는데, 그 중에 둘이나 임신을 하고 있으니 자연스럽게 태몽이야기가 나왔습니다.

태몽은 보통 본인이 꾼다지만, 주변 사람들이 대신 꿔주기도 하잖아요. 막내형님의 아기 태몽은 큰어머니가 꿔주셨다고 하더라구요. 그런데 정말 웃긴 게 꿈 속에 펭귄 두 마리가 나와서 품에 안기더라는 겁니다.

저는 태몽으로 펭귄 꿈 꿨다는 소리는 처음 들었습니다.

 : 이건 새도 아니고, 물고기도 아니여~

 : 이건 딸도 아니고, 아들도 아니여~

거기다 아들 하나 딸 하나를 낳을 거라고 하시네요. 사실 펭귄은 그냥 봐서는 암수 구별하기 어렵잖아요. 수의사도 아니고…

그래서 어떻게 알았냐고 물어봤더니 큰어머니의 한마디에 우리 가족들은 모두 쓰러지고 말았습니다. 글쎄 그 펭귄들 몸에 한글로 '암놈', '수놈' 쓰여 있더라는 겁니다. 명찰같이 말입니다.

그래서 아들 딸 둘을 낳을 거라고 장담을 하십니다.

우리 큰어머니 진짜 귀여우시죠?

큰어머니 바람대로 남매가 나와야 할 텐데요~~

 ★ 태몽은 아이를 위한 첫 번째 선물입니다.
살아가면서 두고두고 아이와 이야기할 얘깃거리가 되니까요.

끝내주는 비디오

글쓴이 **정민희**(jungdh97)

 : 안녕하세요~ 정민희예요. 민희라고 해요~

저는 24살의 남자입니다.

 : 아, 남자셨군요. 죄송합니다, 정민희 씨!

사건은 10여 년 전으로 거슬러 올라갑니다. 초등학교 5, 6학년 정도 인 것 같습니다.

어느 날 단짝친구였던 녀석이 제게 솔깃한 제안을 했습니다.

"우리집에 아주 끝내주는 비디오가 있는데 오늘 집에 아무도 없으 니 같이 보자."

한창 성에 눈 떠갈 시기였던 만큼 거부할 수 없는 짜릿한 제안이었 지요.

저 외에도 친한 친구 서너 명이 같이 갔습니다. 흥분에 휩싸인 저와 친구들은 집에 도착하자마자 비디오 화면에 시선을 고정했습니다. 혹 시나 모를 친구 부모님의 급습에 대비해 만반의 준비를 한 채. 우리는 마른침을 꼴깍꼴깍 삼키며 기다렸습니다.

드디어 비디오 스타트!

그런데 이게 어찌된 일입니까. 화면에서는 우리가 기대한 것과는 전혀 상관없는 엄용수 씨의 바둑교실이 나오고 있었습니다.

 : 공통점이 있긴 하죠.

: 실내오락이다

둘이서 한다

도끼자루 썩는 줄 모른다

서두르면 망한다

너무 황당해하는 우리에게 집주인인 친구가 "그럴 리가 없어. 그럴 리가 없어. 이건 처음에 연막작전으로 나오는 화면이 분명해!"라고 했습니다. 우리는 그 말을 믿고 인내심을 가지고 기다렸습니다. 그러나 5분이 지나고 10분이 지나도 엄용수 씨는 들어갈 기미를 보이지 않았습니다. 우리는 친구한테 당했다는 생각마저 들었고 너무 분해서 자리에서 일어났습니다. 기대가 너무 컸던 탓에 실망감도 이루 말할 수 없을 정도였습니다.

순간 친구의 한마디가 우리를 쓰러지게 만들었습니다.

"얘들아, 조금만 기다려보자. 혹시 아냐? 엄용수가 갑자기 벗을지…"

 : 그건 에로물이 아니라 호러물이죠.

우리는 모두 뒤집어졌고, 결국 엄용수의 바둑교실만 한 시간여 보고 나왔습니다.

 ★ 그런 얘기를 들었어요 사람을 움직이는 가장 큰 힘은 '모른다'는 거래요. 다 알고 있는 걸 굳이 확인하려고 자기 발로 찾아가지는 않는다는 거죠. 뭔가 모르는 게 있을 때 '거기엔 뭐가 있을까…' '그 사람은 어떤 사람일까…' '뭔가 새로운 게 있을지도 모르겠는데…' 그런 호기심, 좀 더 알고 싶은 마음이 사람을 움직인다는 겁니다.
사는 게 심심하고 재미없으시다구요? 세상엔 온통 모르는 것투성이인데 그것들이 나를 움직이게 하지 않습니까?

CDP를 아시나요

글쓴이 김상현(cougo2)

제가 중학교 때 학원에서 있었던 일입니다.

그 당시엔 CDP, 즉 시디 플레이어가 한창 유행했습니다. 학원엔 여자애들도 많았는데, CDP에 따끈따끈한 신곡 CD를 넣고 이어폰을 탁 꽂고 음악을 듣고 있으면 제법 폼도 나고 관심도 받던 그런 때였습니다.

저도 좀 있어 보이고 싶어서 친구 형 걸 빌려서 학원에 가지고 가곤 했습니다.

: 친구 것도 아니고 친구 형 거래!

: 좋은 친구 형을 두셨네요.ㅋㅋ

당시만 해도 고가의 물건이어서 좀 사는 집 애들이나 가질 수 있었거든요.

그러던 어느 날 친구 형이 CDP를 가지고 외출을 해서 못 빌려간 날이었습니다. 그래서 나온 지 얼마 안 되는 신곡 CD만 들고 학원엘 갔습니다. 학원 강의실에 들어섰는데 경래란 친구가 이어폰을 꽂고 음악을 듣고 있었습니다. 우리 강의실에서 CDP를 갖고 있는 건 저뿐이었

는데… 어쨌든 '아, 경래가 하나 장만했구나. 꽤 비쌀 텐데' 하고 생각
했습니다. 그러곤 친구들이랑 우르르 몰려가서 구경 좀 시켜달라고,
새로 산 CD 있는데 한 곡만 들어보자고, 다들 경래한테 매달려서 졸랐
습니다.

그러나 단호한 그 친구 CDP를 빌려주기는커녕 자기 책가방에서 꺼
낼 생각도 하지 않는 것입니다. 우리는 슬슬 짜증이 나기 시작했고 짜
증지수가 100을 넘어설 때쯤 서로 눈빛으로 사인을 주고받은 뒤 경래
를 덮쳤습니다. 친구 둘이 경래의 양쪽 팔을 잡고 전 경래의 책가방을
낚아챘습니다.

"야, 대체 얼마나 좋은 걸 샀가에 이렇게 비싸게 구냐!"

제가 가방을 여는 순간 강의실 안에 있던 모두가 쓰러졌습니다.

가방 안에는 길이가 60센티미터가 넘는 라디오 카세트가 들어 있는
게 아니겠습니까! 두툼한 건전지 열 개를 가득 채워야 하는 구형 모델
인데다 테이프조차 들어 있지 않았습니다. 경래는 주파수가 잘 맞지
않아 들리지도 않는 라디오를 듣고 있었던 것입니다.

아이들 모두가 자지러지게 웃는 가운데 경래 그 친구는 울기 시작했
습니다.

아~ 옛날이여~

앗! 그때 그 녀석이다!

전 너무 미안해서 새로 산 CD를 선물
했습니다.

나 ┃ 이거 산 지 일주일도 안 됐는데… 이거
너 줄게, 들어봐.

경래 ┃ (울먹이며) 됐어. 필요없어!

나 ┃ 야, 일부러 그런 거 아니야. 진짜 미안하다. 받아주라~

경래 ┃ (울며 단호하게) 됐다구! 필요없다구!

나 ┃ (기분이 상해서) 야! 친구가 미안하다고 선물까지 주는데 이러기냐?

그랬더니 경래가 말하더군요.
"우리집에서 CD 못 들어. 테이프로 줘~"
결국 학원이 끝나자마자 경래에게 테이프를 사주고 서로 화해했답
니다.

 ★ 가난하다고 꿈조차 가난할 수는 없습니다.

할머니,
보고 싶어요

글쓴이 **손준형**(soappuppy)

4년 전쯤, 제가 막 대학교에 입학했을 때입니다.

함께 방을 사용하던 할머니께서 돌아가신 지 얼마 안 돼서 한참 슬플 때이기도 했구요. 그런데 왜 그런 말이 있지 않습니까. 사람이 죽으면 자기가 제일 좋아했던 사람 꿈에 나타난다는. 아니나 다를까 곤히 잠을 자고 있는데 할머니께서 환한 웃음을 띠며 제 앞에 떡하니 나타나시지 않겠습니까? 순간적으로 저는 깨달았습니다.

"아, 돌아가신 할머니가 오신 걸 보니 이건 꿈이구나! 으허허허~"

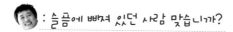 : 슬픔에 빠져 있던 사람 맞습니까?

그러곤 회심의 미소를 지으며 할머니께 말했습니다.

"할머니, 제 꿈에 힘들게 나타나신 김에 다음주 로또 번호나 갈켜주세요."

 : 자식 키워봐야 다 소용없다니깐요~

이런
싸가지 없는
손자를 봤나!

순간 할머니께서 당황하시더군요.
마지막 가는 길에 사랑하던 손자를
보러 왔는데 로또 번호나 요구하고 있
으니 말입니다. 한숨을 몇 번 쉬시더니 할머
니는 결심하셨다는 듯 옆에 걸려 있던 달력을 들고 오셨습
니다. 그리고 손가락으로 숫자를 짚어주시는 겁니다. 2, 5, 10, 12…
그 뒤 뿅 하고 사라지셨고 저는 잠에서 깼습니다.

깨고 나니 꿈이 너무 생생했고, 심지어 번호까지 또렷이 기억이 나
기에, '됐다. 이제 내 인생이 펴는구나' 하고는 다음날 당장 할머니께
서 가르쳐주신 숫자 네 개와 나머지 두 개는 자동으로 해서 로또를 샀
습니다.

떨리는 마음으로 일주일을 기다린 후 결과를 봤는데, 세상에… 할머
니께서 가르쳐주신 번호 네 개 중에 무려 세 개가 당첨이 된 것입니다.
나머지 숫자 하나는 바로 옆 숫자가 당첨이 되었습니다. 제가 할머니
손끝을 하나 잘못 봤던 거죠. 이런 기적적인 일이! 그리고 더 놀라운
사실은 당첨 번호 나머지 두 개는 숫자가 31보다 컸던 겁니다. 달력에
는 31 이상 숫자가 없으니 할머니께서 짚어주실 수가 없었던 거죠.

결국 저는 자동으로 뽑은 숫자 두 개가 모두 맞지 않아 당첨금 5천 원에 만족해야 했지요. 집에 와서 엄마께 이 이야기를 해드렸더니 엄마는 "아이 참, 어머님두… 이왕 갈켜줄 거면 화끈하게 좀 갈켜주지, 달력이 뭐야" 하면서 땅을 치며 아쉬워하시더군요.

그날 밤 잠을 자려고 이불을 덮고 있는데 엄마가 제 방에 오셔서 뭔가를 부스럭거리며 열심히 쓰셨습니다. 다 쓰신 후 제게 건네주셨는데 바로 달력이었습니다. 그런데 뭔가 이상하더군요. 달력 31일 밑에 32부터 45까지 숫자가 나열되어 있는 겁니다.

"어머님이 또 꿈에 나오면 꼭 이 달력 드려라. 그리고 손가락 잘 봐. 또 틀리지 말고…"

하지만 믿었던 손자에게 실망을 하셨는지, 할머니는 다신 제 꿈에 나타나지 않으셨습니다.

할머니, 보고 싶어요. 기다릴게요.^^

★ 할 수 없는 일을 하려고 애쓰기보다 할 수 있는 일을 더 잘 하려고 노력할 때 행운은 찾아옵니다.

퇴폐 이발소에 대한
아찔한 기억

글쓴이 **김성훈(manofgun)**

제가 군 생활을 할 때니까 96년도쯤이지요.

부대가 대전에 있던 저는 휴가 때면 대전 터미널에서 버스를 타고 다녔지요.

그날도 휴가를 마치고 복귀를 하려는데 그 동안 자란 머리가 너무 길어서 지적을 당할 것 같아, 터미널에 도착하자마자 이발소를 찾았습니다. 마침 골목 한쪽에 이발소가 있더군요. 당당히 들어갔죠. 근데 대낮인데도 이발소 안이 컴컴하더군요. 묵직한 커튼 너머로 정육점 불빛도 간간이 새어나오고 있었습니다. 주인아저씨가 나오더군요.

"응~ 이발하시게? 안마까지 2만원이야."

허걱, 순간 움찔했습니다.

아… 이게 말로만 듣던 퇴폐 이발소구나.

그 당시 제 군바리 월급이 한달 만 2천원이었으니 2만원은 제게 너무 큰 금액이었죠. 돈도 돈이지만 그 당시에 순진했던 저로서는 감히 그런 어마어마한 서비스를 받을 자세(?)가 되어 있지 않았습니다.

주인아저씨께 양해를 구하고 그냥 이발소를 빠져나왔죠. 돌아서는 제 등 뒤로 "다른 데 가도 거기서 거기일 텐데"라는 아저씨의 혼잣말이 꽤 강한 여운을 남겼습니다. 가슴이 쿵쾅거렸습니다. 이발소를 나

머리 자르게?

올 때 언뜻 본 야한 복장의 아가씨도 스쳐지나가며 '그냥 눈 딱 감고 서비스 한번 받아봐?!' 하는 순간의 갈등… 야릇한 상상… 가슴을 진정시키며 담배를 한 대 물었습니다. 담배를 피우면서 '이건 아니다. 머리만 깎고 부대에 복귀하자'고 마음을 굳혔습니다.

: 그래서 터미널 주변 전봇대 밑에는 꽁초가 많은 겁니다.

: 터미널 주변은 우릴 힘들게 하는 것들이 너무 많아요.

담배를 다 피우고 나서 다음 골목으로 발길을 옮겼죠. 마침 이발소가 하나 더 있더군요. 다시 이발소 안으로 들어섰죠. 거긴 그리 어둡지도 않고 커튼만 처져 있지 아까와는 사뭇 다른 분위기더라구요. 가게 안에 사람이 없어서 주인을 불렀습니다.

"저기… 계세요?"

허걱! 저는 당황을 금치 못 했습니다.

　커튼을 젖히며 나오는 사람은 아까 그 주인아저씨였습니다. 영문을
몰라 얼굴이 벌겋게 달아오른 저를 능글맞게 맞으며 하는 말,

"거봐. 먼데 가도 거기서 거기라니까."

　너무나 황당하고 혼란스러웠죠. 알고 보니 그 문은 골목 하나를 사
이에 둔 같은 이발소의 앞문과 뒷문이었습니다. 결국 저는 그 주인아
저씨께 또다시 양해를 구하며 그 집을 나와야 했습니다.

 ★ 어떤 길을 찾을 때 잘못된 길로 한번 가보는 것, 그것도 방법입니다. '다신
이 길로 가면 안 되겠구나' 정도는 확실히 알게 될 테니까요.

엄마와 택배 아저씨의 황당한 조우

글쓴이 **임병찬**(nervous415)

우리집은 일반 주택인데요, 요즘 날씨가 너무 더워서 낮에는 현관문을 열어놓고 지내요.

그러던 어느 날 택배 올 일이 있어서 하루 종일 밖에 나가지도 않고 꿈쩍도 안 하다가, 오빠가 천원 줄 테니 과자 좀 사오라는 소리에 냉큼 일어나서 슈퍼로 향했지요.

: "야! 나가서 과자 좀 사와라~"

: "싫어~"

: "입이 궁금하지 않아? 오빠가 돈 낼 테니까 니가 사와~"

: "안 먹어, 귀찮아~"

: "오빠가 천원 줄게, 사와라~"

: "천원? *_* 알았어~"

: 요런 상황이죠?

그런데 그 5분도 안 되는 짧은 시간에 엄마에게 지옥 같은 일이 일어나고 말았습니다. 엄마가 화장실에서 볼일을 보다가 휴지가 없는 걸 알고 저희를 부르기 시작하신 거죠.

오빠는 빨래 걸으러 옥상에 가 있고 저는 슈퍼에 가 있는 걸 모르는 엄마는, 오빠와 저를 애타게 찾으시다가 저희가 대답이 없자, 천장이 무너질 정도로 고래고래 소리를 지르신 겁니다. 그런데 하필이면 그때 택배 아저씨가 온 거예요.

택배 아저씨가 들어서니 현관문은 활짝 열려 있지, 화장실에선 주인 아주머니가 휴지 갖고 오라고 성화지, 척 보니 거실 탁자 위에 두루마리 휴지가 덩그러니 놓여 있지… 택배 아저씨도 많이 당황하셨을 거예요. 들어가야 하나 말아야 하나, 고민도 하셨겠죠.

우리의 마음씨 고우신 택배 아저씨는 아주머니의 애타는 절규를 차마 뿌리치지 못 하고 신발을 벗고 조용히 들어가서 화장실 문틈 사이로 두루마리 휴지를 슬금 전해드렸습니다.

그러나 휴지를 받아든 우리 엄마, 스윽 들어와 휴지를 내미는 손이 오빠인 줄 알고 버럭 성질을 내셨지 뭐예요.

"이눔의 새끼야~ 새똥 떨어질 정도로 일쩍도 가져온다!"

좋은 일 해놓고 화를 당하셨을 택배 아저씨께 참 면목이 없네요.

잠시 후 볼일을 다 본 엄마가 화장실을 나오셨을 때 그 찰나의 정적 이란…!

 : "··· ㅡㅡ; 잘 닦으셨어요?"

: "헉?! 누구?"

: "택뱁니다."

: "어머~ 난 몰라!"

: "여기, 사인 좀···"

: (이미 안방으로 사라지심)

: "아주머니~ 여기 사인이요, 아주머니~"

: 요런 상황이죠?

그날 엄마는 속으로 '내 자식들이 보이지 않는다' 며 깊은 절망의 늪
으로 떨어지셨대요.

★ 유명 록그룹 에어로스미스의 리드 보컬 스티븐 타일러에게 물었대요. "당
신은 왜 그렇게 비관적으로 곡을 쓰시죠?" 그러자 그가 대답했답니다. "열 받
으니까요." 부끄럽고 황당하고 열 받는 상황들··· 그런 게 곧 이야기가 되고 노
래가 됩니다.

사모님의 1분

글쓴이 이정수(leejs3653)

얼마 전 새 차를 뽑고 신나게 도로를 달리고 있었습니다.

새 차를 타고 달리는 기분, 아시는 분들은 다들 아실 겁니다. 세상을 다 얻은 것 같고, 마치 비행기라도 타고 날아가는 듯한 황홀한 기분이죠.

한참 기분 좋게 달리고 있는데, 이런~ 신림동 난곡사거리를 지날무렵 갑자기 제 차선으로 고급세단이 들이닥치지 뭡니까. 급히 브레이크를 밟았지만 쿵 하고 충돌하고 말았습니다.

아직 손잡이의 비닐도 아까워서 안 뜯은 새 차였는데 말이죠. 흠집하나 없는 매끈한 범퍼에 스크래치가 나 있는 걸 보니 너무너무 화가 나더라구요. 왜 멀쩡한 차를 와서 그냥 박습니까? 이건 전적으로 미숙하고 과격한 운전을 한 상대 차 잘못이었습니다. 전 차를 갓길에 대고제 차를 들이받은 운전자에게 내리라고 신호를 보냈죠.

그런데 차는 멈췄는데도 운전자는 내리질 않는 겁니다. 전 열을 받을 대로 받았습니다. 차에서 내려 상대 차 운전석 쪽으로 갔습니다. 가까이서 보니 곱상하게 생긴 아주머니셨습니다.

전 그 아줌마의 운전석 창문에 얼굴을 바싹 들이밀고 소리쳤습니다.

"창문 좀 내려봐요~ 창문 좀~!"

그런데 이 아줌마가 창문을 안 내리고 버티는 겁니다.

전 더 열 받아 소리쳤죠.

"아줌마! 창문 좀 내려보라니까~ 이씨~ 이거 안 열어?"

그러자 아줌마는 창문을 약 1센티미터 정도 내리더니

"저기~ 1분만… 1분만 기다려주세요" 하는 겁니다.

전 완전 악에 받쳐서 "당장 차에서 내려요~!" 하고 호통을 쳤고, 격분한 제 모습에 놀랐는지 아줌마는 창문을 모두 내렸습니다. 그제야 전 왜 아줌마가 1분만 기다려달라고 했는지 알았습니다.

창문이 열리자, 차 안에서 썩은 방귀 냄새가 확 풍겨나왔습니다.

아줌마는 냄새를 들키기 싫었던 거지요.

🧑 : 정확한 사고 경위를 말씀드리겠습니다.

🧓 : 운전 중 가스 배출을 위해 우측 둔부 상향 조정 중 핸들이 좌측으로
꺾이며 차선 침입, 직진 중이던 옆 차량과 추돌.

냄새 제거 후 합의 시도했으나 실패.

수리비 물어주고 개쪽 당함.

: 생리현상 때문에 사고 난 거니까 이것도 자연재해 아닌가?

 ★ 진정한 배려란 상대방이 자기를 원할 때 거기에 있어주는 것뿐만 아니라, 상대방이 자기를 원하지 않을 때 거기에 없어주는 데에도 있습니다.

무섭다는 그 남자

글쓴이 **김화신**(masinsid)

 : 옛날에 종로5가에 화신백화점이라고 있었는데…
혹시 그 집 딸?

 : 아니면 그 유명한 질투의 화신? (우우우우우)

도서관 열람실에서 있었던 일입니다. 잠시 화장실에 갔다가 제 자리로 돌아오던 길이었어요. 제가 워낙에 여기저기 부딪히고 다니는 타입이라 조심조심 들어오는데 그날도 어김없이 어떤 남자의 의자를 발로 툭 치고 말았습니다.

전 작은 목소리로 "죄송합니다"라고 속삭이면서 숙였던 고개를 슬슬 올렸습니다. 그때 제 눈에 그분의 노트가 들어왔는데,

"무섭다 무섭다 무섭다 무섭다 무섭다 무섭다… "

이렇게 계속 쓰여 있는 게 아니겠습니까?!

전 노트에 쓰인 그 단어만 보고 '어머, 도서관에 웬 미친 사람이야?'라고 생각했습니다. 그리고 너무 무서워서 그분 얼굴도 보지 못 하고 쌩하니 제 자리로 돌아왔습니다.

그런데 아무래도 궁금해서 그쪽을 힐끔 보니…

그분은 외국인이었습니다!

단어 외우고 있었나봐요.^^;

: 그냥 단어보다 표현법 공부하는 게 더 웃길 것 같아요.

 : 노트에 이렇게 쓰여 있는 거죠.

'갔다. 갔어. 갔구나. 갔니? 갔어? 갔지? 갔다구? 갔어요.

갔습니다. 갔답니다. 갔다구요. 갔잖아요.

갔던가? 가던데? 갔더라구. 갔더라. 갔나봐. 갔단 말이냐.'

 : '갔다니깐! 갔을걸? 갔겠지. 갔을 거야. 갔고말고! 갔으리라!

갔다고라고라~'

왜 하필이면 그때 '무섭다' 라는 단어를 외우고 있었는지…

외국인들도 우리가 죽어라 영어단어 외우고 있으면 웃기겠죠?

 ★ 애인 전화번호도 못 외우는 남자가 있었어요.
어떻게 그럴 수가 있냐고 여자친구가 따지면 "내가 원래 숫자에 약하잖아" 하
면서 단 한번도 외우려고 하지 않았대요. 단축버튼만 누르면 언제든지 통화를
할 수 있었으니까요. 그런데 둘이 헤어진 후에 남자는 술 먹고 전화하는 게 싫어서 저장된
전화번호를 지워버렸답니다. 그런데 삭제버튼을 누르자마자 후회가 되더래요. 그래서 다시
입력시키려고 아무리 번호를 떠올려봐도 기억이 안 나더랍니다. 한 번도 외우려고 노력하지
않았으니 당연하겠죠. "난 원래 그래." "난 원래 못 해." 되돌릴 수 없는 상황이 왔을 때, 다
른 무엇보다 우릴 후회하게 만드는 말 아닐까요?

감자 까기 주문

글쓴이 조다혜(werwer1018)

제 막내동생이 다섯 살 때 있었던 일입니다.

어느 날 저녁 저희 세 자매는 둘러앉아 찐 감자를 먹고 있었습니다. 그런데 막내동생이 "언니, 감자가(감자 껍질이) 안 까져" 이러더군요. 쳐다보니 감자를 아주 쓰다듬고 있더군요. 가족들이 워낙 오냐오냐 해서 가끔 말도 안 되는 어리광을 부리곤 하는데, 전 동생의 미래를 생각하여 버릇을 고쳐주기로 마음먹었습니다.

"니가 까!"

그랬더니 울먹울먹 하더군요.

그래도 전 다시 한 번 단호하게 말했습니다.

"깔라 해봐!"

그러니까 제 말은 '까려고 해봐'라는 뜻이었는데, 동생이 감자에 대고 이러더군요.

"깔라!"

무슨 감자 까기 주문인 줄 알았나봐요.

한 손에 감자를 들고 가만히 감자를 쳐다보면서 주문 외우듯이 "깔라! 깔라!"를 외쳐대는 막내동생을 보고 전 감자를 먹다 쓰러졌답니다. 제 동생 너무 귀엽지 않나요?

: 컬투의 주문 백서!

하나. 아브라 카타브라 : 히브리어로 '말한 대로 이루어지리라'라는 마법의 주문.

둘. 수리수리마하수리(수리수리 마하수리 수 수리 사바하의 줄임말) : 산크리스트어 '좋은 일이 있겠구나, 좋은 일이 있겠구나, 대단히 좋은 일이 있겠구나, 지극히 좋은 일이 있겠구나, 아! 기쁘구나'라는 뜻으로 스님들이 독송하기 전에 입을 깨끗이 하기 위해 외우는 주문.

셋. 마하켄다프펠도문 : 자신의 슬픔과 고통을 잊게 해주는 주문.

넷. 히투마드리수투만 : 생명의 어머니의 힘으로 생명을 보호해주는 미얀마 고대 주문.

다섯. 카스토르 폴리스 : 행운을 빌어주는 주문. 별자리에서 그 어원이 생겼다. 제우스의 쌍둥이 아들 '카스토르'와 '폴룩스'에 그 기원이 있다.

여섯. 하쿠나마타타 폴레폴레 : 스와힐리어로 '걱정마 다 잘될 거야'라는 위로의 주문.

일곱. 마크툽!: 아랍어 '이미 기록되어 있다' '어차피 그렇게 될 것 이다'라는 주문. 내가 무언가를 간절히원할때 온 우주는 나의 소망 이 실현되도록 도와준다는 뜻.

여덟. 이모 우리와써: '아줌마, 여기 돼지 껍데기와 소주 한 병!' 이란 뜻으로 하루의 피로가 풀리는 주문.

 ★ 뭐든지 해보려고 하는 마음! 그거야말로 두려움을 떨치고 용기를 내게 하는 진짜 주문입니다.

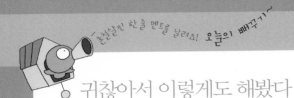

귀찮아서 이렇게도 해봤다

7531 ★ 씻기 귀찮아서 비 오는데 서 있어봤어요.

1253 ★ 병장 때 옷 갈아입기 귀찮아서 "변신" 하고 외쳤어요. 후임들이 갈아입혀 줬어요. 미안하네요.

1002 ★ 물이 너무 마시고 싶은데 주방까지 가기 귀찮아서 마셨다 생각하고 그냥 계속 누워 있었어요.

3065 ★ 침대에 누워서 엄마 부르는 것도 귀찮아서 엄마한테 전화해서 밥 달라고 했어요. 물론 밥도 침대에서 먹었죠.ㅋㅋ

0425 ★ 클렌징크림 사러 가기 귀찮아서 식용유로 화장 지운 일도 있다네.

1617 ★ 일 끝나고 밤에 대청소하다가 귀찮아서 구석에 쪼그려 잤습니다. 지금 일주일째 쪼그려 잡니다.

3181 ★ 노래방에서 예약하기 귀찮아서 친구들이 예약한 것 다 제가 불러요.

4231 ★ 할머니 댁에 채널 돌리는 TV가 있었는데 누워서 발로 돌리다가 쥐난 적 있어요.

1936 ★ 비오는 3일 내내 일주일 밀린 빨래를 세제 뿌려놓고 옥상바닥에 널브려놓았어요. 또 그대로 널었어요.

8090 ★ 빨래하기 귀찮아서 양말 팬티 50장 사서 한 장 남을 때까지 모아놨다가 한 번에 빨래해요.

7337 ★ 자주 보던 친구가 있는데 귀찮아서 인사 안 하고 다니니까 이젠 봐도 모르는 사람 대하듯 해요.

7057 ★ 물 떠다 먹기 귀찮아서 링거 병에 물 담아 벽에 걸고 쪽쪽 빨아먹은 적 있어요.

7738 ★ 머리 안 감고 모자 쓰고 모자 구멍으로 나뭇가지 꽂아서 긁어봤어요. 전 여자.

7551 ★ 쓰레기봉투 사기 귀찮아 검은 봉지에 넣어 문 앞에 던져놓고는 문 열기 힘들어 창문으로 다녔어요.

4559 ★ 저 청소하기 귀찮아서 발가락에 걸레를 부착시켜서 서서 쓱쓱 밀고 다녀요.

4596 ★ 귀찮아서 스타킹 신고 샤워해봤어요. 스타킹 빨래와 샤워를 동시에~ㅋㅋ

9876 ★ 자장면 그릇 안 내놨더니 배달부가 직접 식탁 치우고 설거지까지 하고 갔어요..

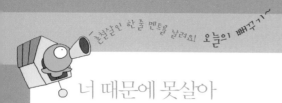

한밤살인 한 줄 멘트를 날려요! 오늘의 빼꼬기

너 때문에 못살아

5911 ★ 여자친구 팬티 샀는데 우리집 강아지가 다 물어뜯었어요. 티 팬티 됐어요.

4184 ★ 로또 2등 종이, 세탁기에 돌려버렸어요. 남편이 몰래 샀나봐요. 저 때문에 못산대요.

5768 ★ 마음먹고 공부하려고 할 때 딱 한 시간만 놀자고 하는 친구

6890 ★ 다 큰 딸의 옷부터 만나는 남자친구, 머리모양까지 검사하시는 아빠요.

2323 ★ 퇴근시간 10분 남겨놓고 회의하자는 팀장님! 정말 밉습니다.

6373 ★ 업무에 대해 자세히 설명할 때 이해하는 척하더니 설명 끝나자 처음부터 다시 설명해달라는 동료!

2704 ★ 교사인데요, "일기장 내세요" 하면 일기 없이 진짜 일기장만 내는 아이들. 못살아!

2337 ★ 일곱 살 우리 아들 억지로 밥 먹이려면 "아이한테 스트레스가 얼마나 나쁜지 알아? 엄마는 왜 나한테 스트레스 줘?"이래요.

2677 ★ 세차한다면서 장난감 자동차에 분무기로 물을 뿌려대고 있는 조카. 때릴 수도 없고 못살아요.

3013 ★ 암내 나는 앞자리 김과장님, 덥다고 한 팔씩 번갈아가면서 부채질하는데 냄새 땜에 못살겠어요.

8249 ★ 술에 취하면 새벽 2시에도 전화해서 보고 싶다 만나자고 하는 옛 남친. 너 때문에 미쳐. 나 잠 좀 자자!

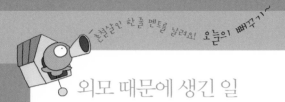

외모 때문에 생긴 일

9674 ★ 버스 탈 때 천원 냈는데 아저씨가 초등학생 요금 받아서 거스름돈이 우르르 쏟아졌어요. 전 고3인데요.

0375 ★ 남편은 저보고 늘 등 보이고 잔다고 뭐라 해요. 사실 마주보고 있는데 말이죠.

9340 ★ 고등학교 때 친구네 놀러갔다 나오는데 경비 아저씨가 "처음 뵙는 과외선생님이네" 했어요.

2240 ★ 길을 가는데 저보고 혹시 국악 하냐고 묻던데요? 국악 하게 생긴 건 어떤 건지…

8147 ★ 눈이 작은 편이라 군대에서 경계근무 설 때 멀리 보기 위해 눈을 가늘게 뜨면 고참이 잔다고 혼냈어요.

6541 ★ 눈이 작은 우리 엄마 주무시는 것 같아서 텔레비전을 끄면 나 안 잔다 하세요.

1590 ★ 가족들 중 코가 젤 낮아서 불평했더니 아빠 하시는 말씀… 너 원래 코 큰데 살에 묻힌 거야.

5460 ★ 중3 때부터 성인비디오 빌리는데 아무 거리낌이 없어요. 가게 오빠가 추천도 해주네요.

3652 ★ 전 8년 전에 아르바이트 하다가 파출소에 끌려갔습니다. 신창원 닮았다는 이유로…

3369 ★ 꼬마가 저한테 장난치니깐 애엄마가 언니 귀찮게 하지 말래요. 저 남자거든요?!

9256 ★ 전 겨울에 목 폴라 티를 못 입어요. 목이 너무 짧아서 티가 입술을 가려요.

5512 ★ 왼쪽 옆 머리결이 앞으로 쏠렸는데요, 어렸을 때 소가 핥았냐고 놀림받았어요. 유전인데…

0607 ★ 졸다가 종점까지 갔는데 기사 아저씨가 절 깨우시면서 "어르신 일어나세요" 했어요. 전 17살인데요.

1793 ★ 대학교 신입생 때 동기들 처음 만나러 갔는데 제가 교수님 줄 알고 다 일어났어요.

7935 ★ 눈썹매장에서 눈썹매를 타려고 줄 서 있는데, 앞에 있던 초등학생이 "너 먼저 타" 이러네요. 저 올해 24살인데…

7200 ★ 살짝 쳐다봤을 뿐인데 째려봤다고 불량배한테 맞았어요. 눈에 쌍꺼풀 없고 좀 올라갔거든요.

5754 ★ 수영장 가면 사람들이 잠수복 입고 수영하는 줄 알아요. 다리에 털이 많거든요.

6614 ★ 초딩 때 준비물 사러 문방구에 갔는데 아줌마가 못생겼다고 200원짜리 지우개 두 개 공짜로 줬어요.

0894 ★ 오토바이 헬멧 아래로 턱이 나와요. 얼굴이 긴 건지 헬멧이 불량인 건지…

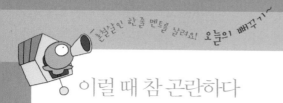

출발살인 한 줄 멘트를 날려요! 오늘의 빼구기~

이럴 때 참 곤란하다

0958 ★ 짐을 든 할머니가 버스에서 내리려고 하시는 것 같아 짐을 들어드렸는데 할머니가 안 내리셨어요.

3020 ★ 야동 보고 있는데 엄마가 과일 들고 "아직도 공부하니" 하며 문 열고 들어올 때요.

0718 ★ 화투치고 화장실 가방에 넣었는데 남친 친구와의 급만남 자리에서 화장품 꺼내다 화투장 쏟았을 때

9171 ★ 친구가 소개팅 나갔는데요, 상대가 제 남자친구였어요.

4920 ★ 족발 시켰는데 돈이 없어서 배달하는 아저씨랑 엄마 올 때까지 TV 봤어요. 40분 동안…

3101 ★ 아침 일찍 목욕탕 가서 씻고 탕에 들어가서 잠들었는데 여탕이었어요.

0821 ★ 이등병이 패스한다는 게 자살골 넣었을 때

8133 ★ 군대 신병 때 정말 못생긴 선임 두 명이 누가 더 잘생겼냐고 물어볼 때요.

7707 ★ 두 친구가 번갈아 나한테 와서 서로 욕할 때. 이럴 때 어떻게 해야 할지…

0993 ★ 휴지 없어서 양말을 쓰려고 했는데 망사일 때. ㅋㅋ 많이 곤란해요.

8614 ★ 피부관리 중 손님 얼굴에 석고팩을 올려놨는데 거즈를 안 깔았어요. 털이란 털은 다 빠질 텐데…

1843 ★ 군대에서 분대장을 내린 왕고참이 농구하자 하고, 그 바로 밑 고참인 분대장은 축구하자 할 때 참 곤란해요.

7887 ★ 우리집 강아지 건달이는 "나가!" 하면 오고 "이리 와!" 하면 나가버려요. 사람들 있을 땐 아주 곤란해요.

9427 ★ 일곱 살 남자아이가 제 가슴을 만지면서 "이거 뭐예요?" 할 때

2512 ★ 가족 다 있는 거실에서 컴퓨터 하는데 친구가 야한 그림 보낼 때요. 여잔데 말이죠.

2590 ★ 택시에 급히 타면서 "아저씨, 강남역이요" 했는데 알고 보니 어떤 남자 승용차에 탔을 때

8446 ★ 두 친구가 같이 한 여자를 좋아하는데 둘다 저한테 상담을 해요. 어쩌면 좋을까요? 둘다 친한데…

0708 ★ 싸움을 제일 앞에서 구경하는데, 경찰이 오자 피해자가 나를 보고 가해자로 지목했을 때

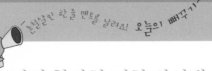
출첵달인 한 줄 멘트를 날려요! 오늘의 빼꾸기~

이런 황당한 전화 받아봤다/걸어봤다

9876 ★ 친구랑 컬렉트콜 3초 무료로만 계속 걸면서 통화했어요.ㅋㅋ

9282 ★ 제 전화번호가 9282인데, 자꾸 후라이드 치킨하고 양념 시키는 전화가 와요.

0407 ★ 장난전화 하고서 찍힌 번호 보니 아빠였어요. 그날 된통 혼났어요.

1000 ★ 엄마랑 TV 보면서 미친 듯이 웃고 있는데 저를 납치했다고 돈 내놓으라고 엄마한테 전화 왔어요.

1516 ★ 웬 아저씨가 차 빼라고 전화해서 난리네요. 전 지금 운전 중인데…

1625 ★ 전화를 받았더니 감자1 이러고 끊고 다음엔 감자2 감자3 하기에 다음엔 내가 감자4 해야 겠다 했죠. 전화가 와서 감자4를 외쳤더니 상대방이 고구마1을 외치더군요.

0607 ★ 새벽 1시에 어떤 아저씨가 전화해서 "XX야 빌린 돈 줄 테니 계좌 불러" 하기에 잠결에 불렀더니 정말 다음날 입금됐어요.

8739 ★ 보험 가입하라고 전화 온 아가씨랑 보험 얘기는 안 하고 그냥 사는 얘기하면서 한 시간 반 통화했어요.

2121 ★ 114에 전화해서 "♬페리카나~치킨이 찾아왔어요. 전화번호가 뭐죠?" 하고 노래를 불렀 더니 알려줬어요.

2522 ★ 새벽 5시에 전화 와서 뭐하냐 묻기에 잠결에 얘기를 하고 끊었는데 알고 보니 모르는 사람이었어요.

2548 ★ "로미오와 줄리엣이죠?" "네 맞습니다" 했더니 "로미오 있어요?" 이럽니다. 의류가게였는데…

0002 ★ 예전 〈엑스맨〉이 한창 방송될 때였죠. 새벽에 전화벨이 울려서 받아보니 "당신은 엑스맨이 맞습니다" 이러고 끊어요.

9990 ★ 얼마 전에 "통닭집이죠?" 하기에 주문받아줬어요. 마냥 기다리셨을 텐데…

한칸실린 한 줄 멘트를 날려요! 오늘의 빼꾸기~

이때 정말 용감했다

2604 ★ 제가 살면서 가장 용감했던 건, 사랑하던 사람이 뒤돌아 떠나갈 때 꼭 안으며 잡은 일이요!

2352 ★ 오늘 아침 지하철에서 조폭인 쩍벌남에게 "다리 좀 오므리시죠?" 했던 거요.

5797 ★ 촌지로 몇 백만원 받은 선생님 신고한 적 있어요. 들킬까봐 조마조마했지만~

5770 ★ 군대 있을 때 대대 장기자랑 나가서 대대장님 성대모사 했습니다. 영창 갈 뻔했습니다.

5525 ★ 대학 때 시험 끝나고 답지 제출시 용감했다. 백지 내면서 교수님께 악수를 청하다니…

7783 ★ 쌍꺼풀 수술하고 바로 다음날 모자도 안 쓰고 실밥 안 푼 채로 청계천 돌아다녔어요.

1007 ★ 길에서 어떤 아저씨가 먹는 뻥튀기 맛있어 보여서 어디서 사셨냐고 용기 있게 물어보고 사 먹었어요.

1140 ★ 문학경기장 3만 관중 야구경기 때 5회말 끝나고 응원석 올라가 프러포즈 했어요.

이런 거 진짜 신경 쓰여요

6322 ★ 아내가 집에 와서 얘기 좀 하자고 할 때. 와 진짜 하루 종일 미치겠어요.

5797 ★ 버스 앞좌석에 앉아 있는 사람 가방이 열려 있거나 옷에 머리카락이 붙어 있을 때

6398 ★ 쌍꺼풀 수술한 지 한 달이 다 되어가는데 아빠가 박명수 같다고 할 때

5182 ★ 책상 앞에서 컴퓨터에 집중하고 있는데 뒤에서 숨소리 내며 보고 있을 때

6047 ★ 잘 때 모기소리요. 잡으려고 일어나면 도망가고 없고 다시 누우면 귀에 와서 윙윙~

2084 ★ 독서실이에요. 옆 사람이 자면서 처음에 트림하더니 이번엔 숨넘어갈 듯 꺽꺽거려요.

2145 ★ 밖에 있는데 엉덩이가 간지러울 때. 긁지도 못하고 진짜 신경 쓰인다!

6251 ★ 친구 이에 붙었소. 민망해서 말은 못 해주는데 자꾸 내 얼굴 보며 이야기할 때

0017 ★ 핸드폰 놓고 나간 날 문자가 몇 개나 왔을까 전화는 몇 통이 왔을까 궁금. 근데 하나도 안 왔어요. --;

6565 ★ 사장님이 와이셔츠 안에 속옷을 안 입은 날, 눈을 어디에 두어야 할지 민망해요.

0316 ★ 손톱에 가시가 박혀서 안 빠지는데 거래처 손님이 찾아와서 악수를 청할 때

7286 ★ 소매 없는 옷 입고 나왔는데 깜박 잊고 안 깎은 겨드랑이 털. 무진장 신경 쓰여요.

8520 ★ 친구나 모르는 사람 얼굴에 여드름이 잘 곪아 있을 때 짜고 싶어서…

1577 ★ 방울토마토 먹다가 입천장에 달라붙은 껍질, 혓바닥으로 떼내려고 하다 보면 혀에 쥐나요.

4679 ★ 손톱 밑에 때 꼈는데 다른 손톱으로 빼면 다시 옮겨가서 끝까지 안 빠질 때

8245 ★ 치킨 먹으면서 누가 먼저 다리 먹을까 언제 집어야 할까…

8113 ★ 자려고 누웠는데 화장실 수도꼭지에서 물방울 떨어지는 소리가 계속 들릴 때

2087 ★ 며칠 전에 귀신을 본 거 같아요. 신경 쓰여서 일주일째 눈 뜨고 머리 감아요.

0003 ★ 버스에서 제 코고는 소리에 깼어요. 고개를 옆으로 못 돌리겠어요. 내릴 때 다 되었는데…

0564 ★ 시험시간 조교 형들이 내 시험지 살짝 보고 지나가며 "흠, 이상한데…" 할 때

5940 ★ 얼굴에 큰 점 있는 것도 신경 쓰이는데 자꾸 점 위에 긴 털이 자라서 미치겠어요.

0593 ★ 흰 셔츠 입고 밥 먹는데 앞치마까지 했음에도 옷에 김칫국물 튈 때

1441 ★ 좋아하는 애한테 문자 보냈는데 오랫동안 답장이 안 올 때. 별 생각 상상 다 해요.

0514 ★ 선풍기 취침모드로 해놓고 자는데 시간 될 때마다 다시 더워서 매번 켤 때

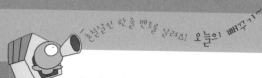
찰싹살인 한 줄 멘트를 날려요! 오늘의 뻐꾸기~

이런 것까지 검색해봤다

3014 ★ 모기한테 발가락 안 물리는 법이요!

1907 ★ 장풍 쏘는 법 검색해봤어요.

3567 ★ 연주곡 제목이 생각이 안 나서 소리 나는 대로 검색해본 적 있음. 뚜루뚜뚜 뚜루뚜뚜

1194 ★ 겨드랑이 털 염색 및 파마법 검색해봤어요.

1989 ★ 제 이름 검색해봤습니다. 근데 우리 반에 어떤 애가 제 안티카페를 만들었더군요.

3190 ★ 어깨 좁아지는 법, 다크서클 없어지는 법 검색해봤어요. 콤플렉스 물렀거라!

2550 ★ 우뢰매 2탄 철이의 요즘 행방

7585 ★ 노는 애들은 침을 어떻게 뱉는지 검색해봤습죠.

7174 ★ 코를 시원하고 깨끗하게 팔 수 있는 방법

6490 ★ 남자한테 귀여워 보이는 표정이요.

6686 ★ 찜질방 가서 속옷을 입어야 되는지 안 입어야 되는지 어린 나이에 고민돼서 검색했어요.

6085 ★ 남자친구랑 헤어지는 방법요. 지금 남자친구랑 너무 헤어지고 싶어서요.

2326 ★ 잘 생겨지는 법 검색해봤어요.

2251 ★ 여우같지 않게 남자 꼬시는 법!

6352 ★ 중학생인데 주식 시세표나 아파트 값 많이 검색해봐요.

7979 ★ 과자 조리퐁에 몇 알이 들어 있는지 세어보고 제 것이랑 맞는지 검색했는데 다 다르데요.

6118 ★ 인생 날로 먹는 방법을 검색해봤어요.

0418 ★ 도둑고양이와 친해지는 법 쳐봤어요. 우리집 마당에 오는데 매일 으르렁대서요.

5867 ★ 배꼽에 때가 도대체 왜! 왜! 끼는지 검색해봤어요.

2516 ★ 애인과 헤어지고 얼마 후 갑자기 애인이 보고 싶어서 검색창에 아무개는 지금 뭘 하고 있을까요 쳐봤어요.

4683 ★ 식구들끼리 명절에 고스톱 칠 때 안 걸리게 사기치는 법 ^^;

8472 ★ 뭔가 검색하려다가 기억이 안 나서 "기억 안 나"로 검색해봤어요.

8127 ★ 전 때 미는 순서 그것도 부위별 합리적으로 미는 방법 검색했어요. 우리집 사우나 한답니다.

내가 해 본 단순노동

5831 ★ 죽어 있는 시체역이요.

7199 ★ 집에서 쌀벌레 잡기 아르바이트로 한 마리당 100원 했는데 100마리 잡아서 만원 받았어요.

1428 ★ 밀린 돈 있는 업체 가서 아무 말도 안 하고 가만히 앉아서 짬뽕만 매일 먹으면 돈을 줬어요.

5255 ★ 포항제철에서 용광로 온도계 보는 알바 해봤어요. 그냥 20시간 정도 온도만 봐요.

8505 ★ 명동에서 지나가는 사람 세는 거 해봤습니다.

1875 ★ 찜질방 옷 주머니 뒤지는 일이요. 다른 급여 없이 주머니 있는 돈 다 내 거예요.

5584 ★ 강남 부잣집 초등학생들 소풍날 돗자리 깔 자리 맡아주는 알바 했어요.

9969 ★ 학원 전단지에 난 오타 위에 스티커 붙이기요. 한 3만 장 붙였나?

5596 ★ 할아버지 과수원에서 감꼭지 따봤어요. 그게 은근히 기술이 필요한 단순노동입니다.

2110 ★ TV 만드는 공장에서 브라운관 검사하는 일 했는데 그냥 앉아 있으면 브라운관이 지나가요. 그냥 쳐다보면 돼요.

5174 ★ 담배인삼공사에서 부러진 담배 찾기. 가만히 일렬로 가는 담배만 보고 있습니다.

7717 ★ 침대 만드는 공장에서 침대 매트리스에 누워보는 알바 해봤어요.

3380 ★ 닭공장에서 닭똥집 분리작업 했습니다.

5580 ★ 철새축제 할 때 하루 종일 새 몰기만 했어요. 우~우~우~ 새들 눈빛에 쫄았는데 돈 많이 받았어요. ㅋㅋ

7580 ★ 놀이공원 귀신의 집에서 귀신 했는데 고함만 아홉 시간 질렀어요.

8177 ★ 손님 많아 보이게 한다고 공짜로 두 시간 동안 닭갈비 먹은 거요.

3312 ★ 고등학교 때 가방공장에서 실밥 떼는 일 해봤어요. 나중에 눈이 몰려요.

0618 ★ 쪽수 없는 책에 쪽수 적기

6555 ★ 한약방에서 붕어와 잉어 껍질 벗기기

1085 ★ 전 소백산에서 이끼 따는 작업했습니다.

1647 ★ 소 꼬리 잡고 있기. 일당 5만원. 놓치면 빰 맞아요.

0529 ★ 저는 각목에 박힌 못 뽑기 해봤어요. 하나에 50원~

0403 ★ 롤러스케이트장에서 신발 바꿔주기. 나중엔 냄새도 안 나요.

0070 ★ C베이커리 공장에서 하루에 12시간씩 케이크 위에 황도만 올려놓는 알바 했어요.

4815 ★ 족발 만드는 곳에서 니퍼로 돼지발톱 뽑은 적이 있어요.

6152 ★ 음악회 관람! 관람하면서 박수치고 호응해주며 돈 벌었어요. ㅋㅋ

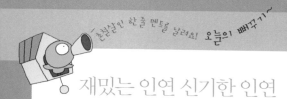

하루 한 줄 멘트를 날려요! 오늘의 뻐꾸기~

재밌는 인연 신기한 인연

7696 ★ 군대에서 괴롭히는 고참이었는데요, 지금은 직장 쫄따구예요.

7028 ★ 군대 동기들과 클럽 갔는데 담당 웨이터가 한 달 전에 전역한 소대장이었어요. 충성!

2950 ★ 술 먹고 일주일 동안 같은 택시 기사 아저씨 택시 세 번이나 연달아 탔어요. 지금은 제 전용 콜택시예요.

4869 ★ 학교 다닐 때 술 먹고 택시 안에서 오바이트 하고 도망갔는데 애인 아버지였어요.

1007 ★ 초등학교 때 우리집에 세들어 살던 여자 동창생이 지금은 내 집 주인…

7080 ★ 산에서 여자 엉덩이에 밤송이가 박혀서 가시를 다 빼주었는데 지금 결혼해서 잘 살고 있어요.

1652 ★ 아파트 위층 여자와 애들 뛴다고 쌍시옷 욕하며 싸웠죠. 며칠 후 둘째놈 공개수업에 갔는데, 그 여자가 둘째놈 담임선생님이었어요. 좀 참을걸 흑흑흑~

7995 ★ 저번 달 느지막이 포경 수술을 하고 계산하려 하자 수술한 간호사가 아는 체하더라구요. 예비 처제였어요.

0588 ★ 못생긴 남자가 보여서 옆에 같이 있는 친구에게 말하며 비웃었는데 그 친구의 남동생이었어요.

4698 ★ 술 먹고 음주사고 냈더니 헤어진 여친 삼촌이더라. 합의하려고 다시 사귀었어요.

6337 ★ 내가 족발 배달할 때 만난 친구가 있어요. 어느 날 피자를 시켰는데 그 친구가 배달왔어요. ㅋㅋ

0223 ★ 아프리카 여행에서 마을 불량배들한테 둘러싸였던 날 구해준 남자가 초등학교 때 첫사랑인 거죠.

7244 ★ 내가 좋아했던 중학교 선생님이 엄마 친구였어요. ㅋㅋ

다시 들고 싶다
미친*
상담소
베스트5

이곳에 오면 모든 고민이 무너집니다!
혼자 가슴속에 묻어둔 고민들, 창피해서 얘기 못하는 고민들,
시시콜콜하고 자잘한 고민들만 받습니다.
성심성의껏 상담하지만, 시원하게 해결되지는 않습니다.

2. 황상모 씨의 고민.
"짬뽕 주문했는데 자장 나오면, 그냥 먹어요."

B형인데 A형같이 소심해요. 대범해지고 싶은 마음이 간절해요.
사람들이 뒤에서 제 얘기를 하는 것 같아요. 어쩌면 좋아요??
잠시 외출 나왔다가 상담 받아요.

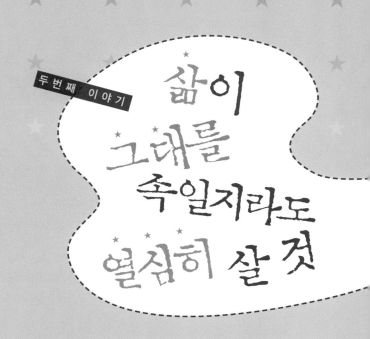

두번째 이야기

삶이
그대를
속일지라도
열심히 살 것

3성 장군의 굴욕

제가 군 생활 할 때 모 국군병원에서 있었던 일입니다.

햇볕이 따스하게 내리쬐는 봄날의 토요일 오후.

그날도 어김없이 우리 통합병원 장병들은 위병소에서 당당하게 위병근무를 서고 있었습니다. 휴일이라 평일보다는 많은 면회객들로 위병들은 분주했고, 한 무리의 면회객이 지나가고 난 후 오랜만에 맑은 하늘을 보며 잠시 사색에 잠겼습니다.

그렇게 얼마나 한눈을 팔고 있었을까요. 언덕 아래서 파란별 세 개를 박은 검은 대형 승용차가 올라오고 있었습니다. 아무 예고도 없던, 말 그대로 마른하늘에 날벼락이었습니다.

우리는 바리케이드를 황급히 치우고선 "충~성~! 근무 중 이상무!" 하고 칼 같은 집총경례를 하며 검문 없이 3성 장군의 승용차를 병원으로 올려 보냈습니다. 그리고 황급히 일직사령실로 장군의 행차를 보고했습니다.

"야! 쓰리스타 떴다, 쓰리스타. 일직사령한테 보고해!"

하지만 너무나 다급하고 빠른 말에 당황한 오늘의 주인공 공 이병은 이렇게 대꾸했습니다.

"잘 못 들었습니다."

★ ★ ★ ★ ★ ★ ★

★ ★ ★ ★ ★ ★ ★

★ ★ ★ ★ ★ ★ ★

저는 더 다급하게

"쓰리스타 떴다고! 쓰리스타!"

그런데도 우리의 공 이병은 어리바리 "뭐라고 하셨습니까? 다시 한 번 말씀해주십쇼!" 하며 속을 뒤집어놨습니다.

분초를 다투는 급박한 상황에 계속해서 되물으니 열 받아 저도 모르게 욕이 튀어나왔습니다. "이 ##@$@#$@%%야, 쓰리스타라고! 쓰리스타! 공군 쓰리스타! 빨랑 보고해!"라고 말하고 전화를 끊었습니다. 보고할 데가 한두 군데가 아니었으니까요.

그러나 멍하니 수화기를 들고 있던 우리의 공 이병, 낮잠을 자고 있던 일직사령 강모 대위를 흔들어 깨우며 말했습니다.

무슨 영문인지 모르겠다는 듯,

"저… 일직사령님, 공군 쓰레기차 들어왔답니다."

 : 그날 쓰리스타가 병원에 들어왔을 때, 장병들은 모두 쓰레기 봉투를 들고 나와 기다렸겠네요.

 ★ 영화 〈첩혈쌍웅〉 비디오 케이스에 적혀 있던 글귀가 문득 생각나네요. "저 해가 뜨고 질 때마다 많은 사람이 죽지만, 오늘은 재수 없게 우리 차례일 뿐이야."

소주 한 병 반이
남긴 것

글쓴이 **신영권**(98teaser)

대학교 첫 여름방학이었습니다.

 : 일생 중 가장 사건 사고가 많은 때죠.

 : 먹고 대학생의 최절정기!
부모님도 포기하는 시기! 추억의 시절입니다.

　지방에서 대학을 다니던 저는 방학을 맞아 원래 집인 인천에 올라와, 그 동안 못 만났던 고등학교 친구들과 술을 한잔 했습니다. 소주 두 잔이 주량인데도 그땐 왜 그리 고등학교 친구들이 반가웠는지 제 평생 아직도 깨지지 않는 최고 기록인 소주 한 병 반을 혼자 마셨습니다. 그야말로 만취된 상태였지요. 겨우 집에 돌아와 씻지도 않고 옷도 못 벗고 그대로 쓰러졌나봅니다.

　그런데 그날따라 제 방에 모기들이 극성이었습니다. 귓가에 울려대는 모기의 엥엥 하는 소리는 만취가 된 저를 상당히 짜증나게 했습니다.

 : 이 소리… 아무리 잠귀 어두운 사람도 벌떡 일어나게 하죠.

: 아마 모기 소리를 알람으로 해놓으면 다 일어날 거예요.

저는 "더 이상 못 참겠다!" 외치며 주섬주섬 일어나 컴컴한 방 안에서 뿌리는 모기 살충제를 더듬거리면서 찾았습니다. 마침내 제 손에 모기 살충제가 잡혔고, 더 이상 모기들이 얼씬거리지 않게 새로 산 모기 살충제를 방 안에 몽땅 뿌려버렸습니다. 이제는 다 죽었겠지 하면서…

술 기운을 이기지 못 한 제 몸은 쓰러져 잠을 잤습니다.

다음날 아침이었습니다. 술에서 깬 저는 놀라지 않을 수 없었습니다. 왜냐구요? 그 새벽에 모기 다 죽으라고 뿌린 것이 모기 살충제가 아니라 빨간색 락카였기 때문입니다.

오~ 참신한 행위예술!

사태는 매우 심각했습니다. 온 방 안에 가구며 TV 브라운관, 벽까지 온통 빨간색으로 도배가 되어 있었지요. 유리창으로 모기가 들어오는 걸 제가 그 와중에도 느꼈는지 창문에 한자로 갈지之자를 시뻘겋게 그려 놓았더라구요. 방 안 꼴을 넋 놓고 바라보며 '이 사태를 어떡하나~' 입만 떡 벌리고 앉아 있었습니다.

바로 그 순간, 전날 막내아들 술 많이 마셨다고 꿀물을 타신 어머니가 "아들~" 하고 부르며 문을 여셨습니다. 그러나 이내 눈은 커지고 입을 다물지 못 한 채 쟁반 든 손을 부르르 떠시다가 뒷걸음질쳐 나가 버리셨습니다. 아마도 어머니는 그때 막내아들이 미친 줄 아셨던 것 같습니다.

저는 졸지에 정신병자 취급받아 병원에 강제 입원될까봐 옷을 주섬주섬 입고 집을 뛰쳐나왔습니다. 그러고는 일주일간 가출 아닌 가출을 했던 경험이 있습니다.

 ★ 바다에 빠져 죽은 사람보다 술에 빠져 죽은 사람이 더 많다고 합니다. 갈지之자가 될 때까지 마시다 보면 언제 골로 갈지 모릅니다.

차라리 때리세요

글쓴이 김세현(se3460)

15년 전 그러니까 제가 중학교 2학년 때 일입니다.

기말고사를 보던 날이었습니다.

친구는 맨 끝줄에 앉아 있었습니다. 모두 고개를 숙이고 문제를 푸는데 "두 번째 줄 맨 끝 나와!"라는 선생님의 화난 목소리가 들렸습니다. 반 친구 모두는 '누가 커닝하다 걸렸나?' 하고 두리번거렸습니다. 선생님의 시선이 그 친구한테 가 있었습니다.

선생님 | 손 그대로 나와 임마~

친구 | 저 커닝 안 했어요.

선생님 | 안 나와? 빨리 나오라고 임마!

친구는 정말 불안한 표정으로 몸을 부들부들 떨며 교탁 앞으로 나오고 있었습니다. 친구는 왼쪽 주먹을 꼭 쥐고 있었습니다.

선생님은 친구한테 쥐고 있는 손을 펴라고 하셨습니다. 그러나 친구는 선생님의 지시에 응하지 않고 손을 그대로 쥐고 있었습니다.

선생님 | (화가 단단히 나셔서) 손 펴라고 임마!

친구 ┃ (울먹거리며) 저 정말 커닝 안 했어요.
선생님 ┃ 이 자식이 정말? 손 안 펴?

선생님은 그 친구한테 왼손을 내밀라고 하셨습니다. 친구는 끝까지 응하지 않았습니다. 친구가 말을 듣지 않자 선생님은 늘 들고 다니는 막대기로 친구의 손을 사정없이 내리치셨습니다. 고통이 꽤 심할 텐데도 친구는 이를 악물고 참았습니다. 선생님은 안 되겠다 싶었는지 직접 친구의 손을 잡고 새끼손가락부터 하나씩 펴기 시작하셨습니다. 손가락이 하나하나 펴지고 중지가 펴졌을 때, 선생님은 똥 씹은 얼굴을 하며 친구의 손을 놓으셨습니다.

그러고는 주머니에서 휴지를 꺼내며 못 볼 걸 봤다는 표정으로 하시는 말,

"닦어!"

그 친구는 평소 축농증 때문에 누렇고 찐득찐득한 콧물을 자주 흘렸습니다.

: 차라리 커닝 페이퍼라도 있었으면 그걸로 닦았을 텐데…

작은 종이조각 하나도 아쉬운 순간들이 있어요.

 : 어떤 순간?

지금 머릿속에 스쳐가는 바로 그때… 다들 겪어봤잖아요.

알면서~

 ★ 너무 들으려 애쓰지 마세요. 말 못 하는 사연도 있는 법입니다.

나 아직 안 늙었어

글쓴이 **박종균**(gunma1976)

제가 아는 형님 집에서 일어난 일입니다.

형님의 아버님은 평소 약주만 드시면 앞에 두 아들을 무릎 꿇어앉혀 놓고 이런저런 훈계를 하신다고 합니다. '남자는 자고로 이래야 한다' '사회생활은 이렇게 해야 하는 거야' 하는 이야기를 몇 시간씩 늘어놓으시곤 한답니다.

 : 주사도 성격 따라가죠.

 : 평소에 너무 진지한 분들은 술 마시면 훈계를 많이 하고,

평소에 흥이 많은 분들은 술 마시면 가무를 즐기고,

평소에 기분파인 분들은 술 마시면 돈이 나오구요,

평소에 억눌린 사람들이 술 마시면 난폭해지죠.

그날도 어김없이 아버님은 약주를 하고 오셨고, 보아하니 평상시보다 좀 많이 취하신 듯싶어 두 형제는 긴장을 하고 기다렸지요. 아니나 다를까 아버님의 부름이 있었습니다.

"너희 둘다 이리 와봐라."

말씀이 시작되고 어느덧 한 시간! 무릎 꿇고 있기가 너무 힘들어 둘

다 고개를 숙이고 있었습니다. 그러자 아버님은 버럭 화를 내시며,

"내가 말하고 있는데 졸아?! 이제 다 컸다 이거냐! 나 아직 안 늙었어!" 하시더니, 갑자기 벌떡 일어나 거실에 있는 작은 진열장을 번쩍 들어올리시더랍니다. 그런데 술에 취해 중심을 잡지 못 하고 그만 진열장과 함께 뒤로 벌러덩 누워버리신 겁니다.

아버님이 진열장 밑에 깔려 작은 신음소리를 내고 계신데, 두 형제는 아버님을 구해드리러 일어날 수가 없었습니다.

둘다 다리가 저려서…!

그 광경을 보신 어머님이 아버님을 구해드리고 두 형제는 30분 동안 얼차려를 받아야 했다지요.

★ 안중근 의사가 일찍이 말했다죠.
"형제들이여, 지금은 앉아 있을 때가 아니다."

저는 사회복지사랍니다. 우리 센터의 주 업무 중 하나는 홍보활동인데, 요즘 제가 그 일을 맡다 보니 외근이 잦은 편입니다.

며칠 전 의료팀과 연계해서 홍보를 나가게 되었거든요. 그들은 접수를 받아 진료를 하고, 우리는 우리대로 홍보를 하는 거죠.

한참 일하다가 너무 다리가 아파서 이비인후과 담당 의료팀 옆에 앉아서 쉬고 있는데 한 아주머니가 오셨어요.

대뜸 "의사양반! 내가 요새 계속 코를 파는데 어쩌지?" 하고 고민을 이야기하시는 거예요. 옆에서 들리는 소리를 안 들을 수도 없고… 가만히 듣고 있었죠.

아주머니는 계속 말씀하셨습니다.

"내가 자꾸 코를 판다구! 원랜 새끼손가락으로 팠는데 지금은 엄지까지 와버렸어!"

: 콧구멍이 엄청 크신가봐요.

: 5백원짜리 동전으로도 한번 시도해보시죠.

의사 선생님은 "그럼 안 파면 되잖아요" 하셨죠. 아무리 의사라도 코 파는 문제까지 처방을 내려줄 순 없는 거 아니겠어요? 본인이 자제를 해야죠. 전 거기서 대화가 끝날 줄 알았습니다. 그런데

> 아주머니ㅣ 아, 누가 그걸 모르나? 코 안에 느껴지는 코딱지를 워쩌! 하루에 한 번은 꼭 파줘야지 마음이 편한걸.
>
> 의사 선생님ㅣ 그래도 자꾸 파시면 안 좋아요. (잠시 코 안을 보시더니) 코에 염증도 생겼잖아요. 파는 걸 좀 참아보세요.

그러자 아주머니는 정말 많이 참아봤다는 듯 한숨을 푸욱 내쉬며, "내가 매일 주님께 기도를 하는데 좀처럼 들어주시질 않아. ㅠㅠ 그만 팠으면 좋겠어."

남들이 들으면 웃기면서도 정말 진지한 상담이었습니다.
그렇게 정말, 주님이 그 기도를 좀 들어주시지…

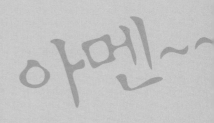

 : 저마다 고치고 싶은 버릇 때문에 지금 이 순간도
정말 절박하게 기도를 하고 있을지 몰라요.

: "주님~ 부디 오늘은 떨지 않게 해주세요" – 다리 떠는 사람
"주님~ 꼭 오늘은 볼 수 있게 해주세요" – 변비 환자
"주님~ 오늘은 꼭 좀 깎게 해주세요" – 손톱 물어뜯는 사람
"주님~ 부탁인데요, 이젠 좀 끊게 해주세요" – 과민성대장증후군 환자

★ 소원을 빌 때는 주의하세요. 소원이 진짜 이루어질지도 모르니까요.

맞선 보다 생긴 일

글쓴이 신현식(arlan2)

제 친구의 본명은 이승자입니다. 남자 이름 치고는 드문 이름이죠. 학교 다닐 때 이름 때문에 놀림도 많이 받았고, 남들 앞에서 떳떳이 이름을 밝히지 못 했답니다.

그 친구가 나이가 찼는데도 장가를 가지 못 해 어느 날 맞선을 보게 되었습니다. 여자가 친구에게 이름을 묻길래 이렇게 말했답니다.

"음… 제 이름은 '패자'의 반대말입니다. 한번 알아맞혀 보세요."

그러자 여자분은 "재미있는 분이시네요. 그럼 제가 맞혀볼게요."

한참을 고민하더니 이렇게 묻더랍니다.

"그럼 이름이… 맞자 씨?"

그렇습니다.

여자는 '패자'를 '때리자'란 의미로 받아들였던 거죠. 헐~

맞자 씨?

★ 승리하는 사람이 되기보다는 사랑하는 사람이 되길 원하십시오. 승자가 있는 곳에는 반드시 패자가 존재하지만 사랑하는 사람 곁에는 사랑받는 사람들이 존재합니다.

아동 운동화의 프리미엄

글쓴이 김은희(ehcad)

어느 날 우리 오빠가 운동화를 사러 나갔어요. 이곳저곳 구경해도 맘에 드는 신발이 없었는데 마지막으로 들른 매장에서 딱 하나 눈에 띄는 운동화가 있더랍니다. 점원한테 사이즈를 물었죠.

"이거 255 사이즈 있습니까?"

그랬더니 점원이 약간 곤란해하면서 그러더랍니다.

"사이즈는 있는데 이건 아동용입니다."

오빠는 한 시간 넘게 돌아다니다 겨우 하나 마음에 드는 걸 찾았는데, 그게 아동용이든 뭐든 상관이 없다 싶어 말했답니다.

"아니요. 사이즈만 있으면 살게요. 255 사이즈 신어볼게요."

그러자 점원 아무래도 걱정된다는 듯 하는 한마디,

"저어… 불빛이 나도 괜찮겠습니까?"

 ★ 누가 네 살짜리 조카한테 물어봤어요. "너는 커서 뭘 하고 싶니?" 그랬더니 고민도 안 하고 바로 답하더래요. "나는 크면 냉장고 문을 열고 싶어." 아직 냉장고 문이 손에 닿지 않는 작은 아이한텐 얼마나 진지한 꿈이겠습니까? 꿈이나 소망을 말하라고 하면, 우리는 되고 싶은 무언가를 생각하잖아요. 하지만 '무엇을 이루었는가' 보다 더 중요한 건, '뭘 하면서 즐거운가' 가 아닌가 싶어요. 조금만 더 손을 뻗으면 잡을 수 있는 즐거움! 이제부터라도 우리가 꿔야 할 꿈은 그런 게 아닐까요.

출근하는구나

글쓴이 **김태진**(yooma2)

아는 언니의 이야기입니다.

아들 둘을 둔 언니는 얼마 전 어머니 교육을 다녀왔답니다. 한 시간이 넘는 교육 내용 중에 가장 기억에 남는 것은 아이들에게 '~구나'라는 말투를 쓰라는 겁니다.

예를 들어 아이가 밖에 나갔다가 들어와서 더러운 손으로 간식을 집어먹을 때도 "넌 더럽게 그게 뭐니?! 손 씻구 와서 먹어!"라고 말하지 말고, "배가 많이 고팠구나. 그렇지만 먼저 손을 씻는 게 좋지 않겠니?" 하는 식으로 말을 하라는 거죠. 아이들에게 혼부터 내면 오히려 반발심을 일으킬 수 있으니, 먼저 아이의 마음을 이해해준 뒤에 요구 사항을 말하라는 겁니다.

 : 실전 연습 한번 해볼까요?

아이가 친구랑 싸우고 왔을 때

"얻어터지고 왔구나. 다음부턴 맞지 말고 패주고 오렴~"(X)

"친구랑 싸웠구나. 친구가 속상하게 했나보네.

그렇지만 싸우면 안 되지~"(O)

아이가 학원을 빼먹고 놀다 왔을 때

"니가 매를 버는구나. 그래도 발은 달려서 집에는 기어들어왔네~"(X)

"학원에 가기 싫었구나. 가기 싫었던 이유를 말해줄 수 있을까?"(O)

 : 좋은 부모 되기 진짜 어렵구나. 도를 닦아야 되는구나~ㅜㅜ

 그러면서 남편한테도 그런 말투를 쓰는 게 좋다고 하더랍니다. 부부
가 함께 그런 말투를 쓰면 서로를 이해하게 돼서 싸움도 덜 하게 되고
그게 습관이 되면 아이 교육에도 좋은 영향을 미친다는 겁니다.

 다시 실전 연습!

남편이 술 먹고 새벽에 들어왔을 때

"술로 떡이 됐구나. 떡은 쳐주어야 맛인데, 좀 맞아볼래?"(X)

"회사에 힘든 일이 많았구나. 그래도 몸 생각해서 술은 먹지
말아요."(O)

남편이 결혼기념일을 잊었을 때

"또 잊어버렸구나.
화장실 갈 때 바지 지퍼 내리는 건 안 잊어먹니?"(X)

"오늘 많이 바빴나보구나. 난 오늘 기대했는데, 좀 속상하네."(O)

 : 좋은 부부 되기도 진짜 어렵구나. 몸에서 사리가 나오겠구나~ㅜㅜ

그 얘기에 무척 감명을 받고 집에 돌아온 언니는 신랑에게 말했답니다.

"우리도 앞으론 '~구나' 체를 쓰도록 하자."

신랑도 그러기로 약속을 했죠. 그런데 문제는, 그 말투를 쓰긴 써야겠는데 도저히 어떻게 써야 할지 모르겠더랍니다. 그래서 고민 끝에 아침에 출근하는 신랑한테 그랬답니다.

"출근하는구나."

그러고는 자기도 어이가 없어 막 웃고 있으려니까 남편이 쳐다보며 하는 말,

"좋아죽는구나."

이 얘기 듣고 뒤집어지는 줄 알았습니다.

★ 개떡같이 말해도 찰떡같이 알아듣는 사이…
그게 부부입니다.

옷이 참 예뻐서

 글쓴이 권우근(rnjsdk3)

몇 년 전에 PC방에서 알바를 할 때였습니다.

손님이 나가시면 가서 자리 치우고 주문 받고 하는 알바였는데, 힘은 좀 들더군요.

유일한 낙이 같이 일하는 아가씨를 보는 거였습니다.

> : 마음에 두고 있었군요.
> : 마음에 드는 이성은 일하는 데 원동력이 되기도 하죠.

저보다 한 살 어린 친구였는데, 귀엽게 생긴 얼굴에 무척 고마운 몸매를 가졌죠. 게다가 성격까지 좋아서 허물없이 편하게 지내는 그런 사이였죠.

그러던 어느 날 그녀가 빨강 스웨터를 입고 출근을 했습니다.

그날따라 왜 이리 그녀의 가슴만 눈에 들어오던지…

> : 도대체 어떤 스웨터였기에?
> : 쫄 스웨터?

그 가슴 어디서 샀어?

끼~약! 이런 저질!

전 정신 못 차리고 1분 가량을 그녀의 가슴만 보고 있었습니다. 그러자 그녀도 눈치를 챘는지,

"오빠! 어디 봐!" 이러는 겁니다. 순간 저는 너무 당황해서

"아… 옷이 예뻐서… 그 옷 어디서 샀어?"라고 물어보려 했습니다. 그런데 그때 그녀가 대뜸

"오빠 내 가슴 봤지!?" 하는 겁니다. 당황한 저는

"아…아니! 그 옷이 참 예뻐서… 그 가슴 어디서 샀어?

 : 남자가 여자를 볼 때 제일 먼저 보는 곳!

10대 : 얼굴을 먼저 본다.

20대 : 가슴을 먼저 본다.

30대 : 머리끝부터 발끝까지 한눈에 위아래를 쫙 훑는다.

40대 : 나이를 먼저 본다. 으이그~

 ★ 없는 감정을 가장하기보다 있는 감정을 위장하기가 더 어려운 법입니다. 표정은 가장 고약한 밀고자라고 하잖아요.

이런 일을
당할 수 있는 확률은

같이 학교를 다니는 친한 언니에게 얼마 전에 일어난 일입니다.

그날도 어김없이 아침 일찍 수업을 들으러 강의실에 와 있었죠.

그런데 저 멀리 선배 언니가 걸어오는데, 치마 밑에… 이게 웬일! 왼쪽 다리와 오른쪽 다리 스타킹 색깔이 각각 다른 거예요. 한쪽은 살색, 한쪽은 커피색.

조용히 언니에게 이 사실을 알려주려고 가까이 가려는 순간, 같은 수업 들으러 와 있던 짓궂은 오빠가 그만 큰 소리로 놀리는 게 아니겠어요?

"야! 너 뭐야~ 스타킹 색깔 완전 깬다~ 빨리 바꿔 신어~"

미처 제가 손쓸 틈도 없이 말이에요. 그 말을 들은 언니는 얼굴에 당황한 기색이 역력하더니,

"어? 진짜? (자기 다리 보더니) 어? 이거 왜 이래? (완전 당황한 표정으로) 이럴 리가 없어! 이럴 리가 없어!" 계속 이러는 거예요.

보고 있던 우린 스타킹 짝짝이로 신는 건 여대생들 사이에서 공공연하게 있는 실수라 조금 창피해도 그냥 넘어가면 되지 했는데, 너무 펄쩍뛰면서 "이럴 리가 없어! 이럴 리가 없는데! 이럴 리가 없다구!" 계속 그러니까 오히려 이상하더라구요. 그렇게 계속 '이럴 리가 없다' 며

변명을 하니까 그 짓궂은 오빠도 나중엔 "아~ 알았다, 그래. 빨리 편의점 가서 스타킹이나 사서 신어~!"라고 했죠.

그러자 그 언니는 정말 답답하고 억울한 표정으로 저한테 잠깐 화장실 좀 같이 가자고 하더니, 아무도 없는 화장실에서 큰 소리로 말했습니다.

"억울해! 이거 팬티스타킹이란 말이야. ㅠㅠ"

 : 혹시 한쪽 다리만 선탠이 된 게 아닐까요? 파라솔 밑에서 잤는데 한쪽 다리에만 그늘이 져서 다리 색깔이 짝짝인 거죠.

 : 아니면 어머니가 빨래하다가 스타킹 다리 한쪽만 락스에 빠뜨린 게 아닐까요? 이 문제는 오늘 하루 여러분이 풀어야 할 미스터리 문제로 남겨두죠.

 ★ "삶이 그대를 속일지라도 열심히 사십시오." -영화감독 임순례

세상에 어떻게

글쓴이 김찬(toolove77)

오래 전 일입니다.

제가 속한 직장 내 작은 단체에서 모임이 있던 날이었죠.

조카가 자전거를 타다가 쇄골이 부러지는 사고를 당했다는 소식을 들었습니다. 너무 놀라고 걱정이 되어 발걸음을 병원으로 돌리면서 그 단체 총무님께 전화를 드리게 되었습니다.

"총무님! 이러저러해서 조카가 다쳐서 오늘 못 나가게 될 듯하네요."

그러자 총무님은 제가 당황스러울 정도로 심하게 오버하시더라구요.

"어머어머! 세상에 어머나 어쩌다가… 그래서 애기는 좀 어때? 의식은 있구? 엄마랑 아부지 알아보고?"

"네, 의식은 당연히…"

사랑스런 조카가 다쳤으니 저도 걱정되는 건 사실이지만, 의식이 있느냐고 물을 정도는 솔직히 아닌데 좀 이상하다 생각했습니다.

그런데 총무님은 더 호들갑을 떨며 말씀하셨습니다.

"회복은 될 수 있다디? 어린애가 세상에 어떻게… 어떻게…"

기가 막히다는 듯 말을 잇지 못 하시더니, 이어 하시는 말씀!

전 넘어가고 말았습니다.

"도대체 어떻게 했기에 해골이 다 부러지니?"

 : 아침 먹고 땡! 점심 먹고 땡! 저녁 먹고 땡!

창문을 열어보니 비가 오네요~

옥상에 올라가니 지렁이 세 마리~

아이고 무서워 해골바가지~

 ★ 세상에는 한끝 차이로 바뀌어버리는 것이 많이 있습니다.

카카오 99%의 재발견

글쓴이 이현경(psycho_17)

카카오 99%가 유행인 거 다들 아시죠? 각종 포털사이트 인기 검색어 순위에 오를 정도로 화제가 되고 있죠.

하지만 달콤한 상상은 금물~! 카카오 99%는 무시무시한 데미지를 남긴답니다. 여기서 잠깐, 카카오 99%를 먹어본 사람들의 평을 몇 가지 소개하자면,

'이거 친구한테 줬다가 절교당할 뻔했어요.'

'이거 드시고 싶은 분들, 돈 들이지 마시고 그냥 집에 있는 크레파스를 드세요.'

'싫어하는 사람에게 선물하세요.'

'저는 먹는 그날 혀의 감각을 잃었습니다.'

'입 안에 넣고 5초 후에 화장실로 달려갔으나, 화장실 문은 닫혀 있고, 그 앞에서 혼자 쇼 하고 장판 쥐어뜯고 거의 눈 돌아가서 화장품 마실 뻔했습니다.'

이 외 벼루 맛, 고동색 크레파스 맛, 타이어 맛, 연필심 맛, 석탄 맛, 흙 맛 등으로 표현됐으며 가장 적절한 표현으로는 '크레파스로 칠한 타이어를 달여서 만든 한약 맛'이 있습니다. 암튼 여기서 중요 포인트는 카카오 99%를 먹었을 때 데미지가 엄청나다는 거!

하루는 아버지가 술을 거나하게 드시고 집에 돌아오셔서는 옷도 벗지 않고 고대~로 잠이 드셨습니다. 술을 많이 드시는 울아부지가 갑자기 미워진 제게, 낮에 호기심에 산 카카오 99%가 눈에 들어오고 말았습니다.

한 조각… 딱 한 조각을 반쯤 벌려진 아부지 입에 살짜기 밀어넣었습니다. 그런데 다음날 아침 눈을 뜨신 아부지 하시는 말씀,

"야~ 술 끊어야겠다. 입에서 쓸개즙이 나와."

 : 복분자 먹고 토했다가 피 토한 줄 알고 술 끊은 사람 이후, 제일 웃기다~

 ★ 얼마 전 미국 뉴욕주립대에서 나이보다 젊게 사는 78가지 방법을 제시했습니다. 그 중에 손쉬운 몇 가지만 소개해볼까요? 매일 이를 닦으면 6.4년, 식사량을 줄이기 위해 작은 접시를 사용하면 1.3년, 매일 아침식사를 하면 1.1년, 하루에 5회 과일을 먹으면 1.4년, 맛있는 야채를 매일 4~5회 먹으면 2~5년, 튀기지 않은 생선을 일주일에 3회 먹으면 3년 젊어진답니다. 적정체중을 지속적으로 유지하면 6년, 일정한 시간에 숙면을 취하면 3년, 매일 친구와 전화통화를 하는 것만으로도 8년을 젊게 살 수 있다고 합니다. 그런데 참 이상하죠? 왜 꼭 술 마시면서 건강 얘기하고, 밥 먹으면서 다이어트 생각하나 몰라요.

내 친구 아가

글쓴이 **최원경**(cy000532)

제가 고등학교에 처음 입학했을 때였어요.

아는 애가 하나도 없어서 굉장히 쓸쓸했는데 그때 정말 예쁘장하게
생긴 아이가 들어와 제 옆에 앉았어요.

나 | 안녕? 반가워. 난 원경이야!

친구 | 안녕? 난 아가야.

나 | 아가? 우와! 이름 진짜 귀엽다. 근데 본명이야?

친구 | 응.

친구는 얼굴만큼이나 예쁜 이름을 가지고 있었습니다.

그리고 첫 영어시간!

한 명씩 나와서 영어로 자기소개를 하게 됐습니다.

드디어 제 짝 아가의 차례가 되었습니다.

그런데 친구들은 모두 아가의 소개를 듣고 배꼽 빠지게 웃었습니다.

아가 | 하이! 마이 네임 이즈 아가 리.

My name is~ My name is~ My name is~ My name is~ My name is~ My name is~ My name is~
My name is~ My name is~ My name is~ My name is~ My name is~ My name is~ My name is~
My name is~ My name is~ My name is~ My name is~ My name is~ My name is~ My name is~
My name is~ My name is~ My name is~ My name is~ My name is~ My name is~ My name is~
My name is~ My name is~ My name is~ My name is~ My name is~ My name is~ My name is~

하필이면 우리 수줍고 어여쁜 아가의 성은 이씨였던 겁니다.

 : 컬투쇼 웃긴 이름 베스트 5!

5위 임금님 통장 나왔습니다. 임금님! 차임금 할아버지.

4위 잠시 후 '교만하지 말라'는 주제로 설교말씀이 있겠습니다.
김교만 목사님!

3위 "이름 괜찮은데 왜 개명하려고 하십니까?"
개명담당 박국수 판사님

2위 도연이의 주민등록증을 까보니… 강도년 씨

1위 보고 싶다, 국봉아! 박국봉 씨

★ 이름이 곧 브랜드인 시대입니다. 좋은 이름만큼이나 중요한 건 이름값 하며 사는 거 아니겠어요?

손님 미안합니다

글쓴이 **박혜경**(wjdekdbs11)

신랑이 택시 운전을 해요.

하루는 손님도 없고 입금해야 할 금액도 한참 모자라 속상해하고 있었는데, 술을 거나하게 드신 손님이 타더래요. 타셔서는 계속 이 얘기 저 얘기 하더니

"어, 내가 너무 취해서… 먼저 차비를 내고 좀 잘게요"라며 만원을 주곤 주무시더래요.

> : 손님이 매너가 있네요.
> : 별로 안 취하셨나보네요. -0-

그런데 자다 일어나서는 또 만원을 꺼내시더니

"어, 내가 너무 취해서… 먼저 차비를 내고 잘게요" 하시더래요.

> : 매너가 아니라 주사군요.
> : 많이 취하셨네요. --;

그래서 아까 주셨다고 했더니 '아 그래요' 하며 손에 들고 조시더랍

니다. 신랑은 목적지에 도착해 손님을 깨웠고, 순간 손님이 손에 들고 있던 만원을 바닥에 떨어뜨리시기에 '아싸!' 하며 손님을 얼른 내리라 하고 그냥 달렸대요.

캥기는 구석이 있어 계속 달리며 백미러를 보니, 그 손님이 막 손을 흔들며 서라는 듯 소리를 지르고 있더래요. 신랑은 어깨가 움찔하면서 도 냅다 달렸대요.

잠시 후 유유히 지나치다 한 아가씨를 태웠는데 그 아가씨 차에 타자마자 하는 말,

"아저씨~ 누가 구두를 놓고 내렸네요."

만원 욕심에 맨발로 내려드린 그 손님께 꼭 죄송했다고 전하고 싶어요.

어흑 내 구두~

★ 소 잃고 외양간 고치는 사람을 비웃지 마라. 그는 지금 반성하는 것이다. ─ 소설가 이외수

낙서 대마왕

글쓴이 심봉규(rlwjsdkdl)

아는 형님의 이야기입니다. 몇 년 전 4륜 구동차를 신형으로 뽑으셨죠. 새 차를 뽑았으니 얼마나 애지중지했겠습니까.

 : 하루 종일 여기저기 쓸고 닦고,
몇 주씩 실내 비닐 커버도 안 벗기고 다니고,
주차해놓고도 마음이 안 놓여서 계속 내다보고,
주차빌딩 1층에 자리 있어도 꼭 널널한 3층까지 올라가죠.
밤에 누가 긁을까봐 보초 서는 사람도 있어요.

 : 접촉사고 나면 조폭보다 더 무서운 게 새 차 주인이에요.

그렇게 들뜬 맘으로 하룻밤을 보내고 다음날,
어디 상한 곳은 없나 하고 여기저기를 둘러보는데… 헉!
4륜 구동차는 뒤쪽에 **4X4** 라고 쓰여 있잖아요.
그 옆에 누가 '**=16**' 이라고 낙서를 해놓은 겁니다.
형님은 소리를 고래고래 지르면서 그 낙서를 지웠습니다.
그런데 그 다음날, 어제랑 똑같은 낙서가 기다리고 있는 것입니다.
화가 났지만 누군지 잡을 방법도 없으니 또 지웠지요.

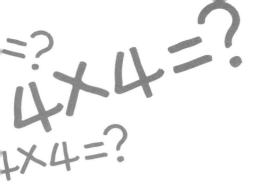

이러길 일주일, 이제 지칠 대로 지친 형님은 낙서를 지우지 않기로 했습니다.

그래서 4×4=16 을 그대로 쓴 채 다녔는데, 그러던 어느 날! 다시 뒤를 본 형님은 두손 두발 다 들고 말았습니다.

4×4=16 옆에 쓰여 있는 또 하나의 낙서!

'정답!'

우씨~ 어떤 녀석이 내 애마에게 ...

 ★ 모든 근심은 마음 비우는 연습을 하라고 내주는 신의 숙제 같아요. 문제는 모두 다르지만 답은 하나입니다. 마음을 비우세요.

비닐 봉지의 비밀

글쓴이 **서상환(seop00)**

여기는 대구입니다. 이 사연은 제 여동생이 직접 겪은 이야기입니다. 무지하게 더운 날이었어요. 한여름의 대구니까요. 동생이 친구를 만나러 친구 집으로 향하던 길이었습니다.

길모퉁이를 도는데 웬 할머니 세 분이서 내리쬐는 한여름의 볕을 피해 그늘에 앉아 고스톱을 치고 계셨습니다. 그런데 이상한 것은 할머니 두 분이 비닐 봉지를 머리에 뒤집어쓰고 계셨다는 거예요.

한 분은 까만색 비닐 봉지를 쓰고 계셨구요, 다른 분은 하얀색 비닐 봉지를 쓰고 계셨습니다.

'햇볕 때문에 봉지를 쓰셨나? 왜 저걸 쓰고 계시지?'

너무나 궁금해진 동생은 할머니들께 다가가 물었습니다.

동생 | 할머니, 지금 뭐하세요?

할머니 1 | 고스톱 친다, 와!

동생 | 아니요, 그거 말고 할머니 머리에 쓴 건 뭐예요?

할머니 1 | 보면 모리나? 비닐 봉다리 아이가!

동생 | 아니, 그건 알겠는데요. 왜 까만 봉지를 머리에 쓰셨어요?

그러자 까만 봉지를 쓴 할머니는 히히히 웃으며
말씀하셨습니다.

"아, 이거? 내 광光 팔았다이가."

동생은 웃으며 이번엔 다른 할머니께 여쭸습니다.

"그럼 할머니는 왜 흰 봉지를 머리에 쓰고 계세요?"

그러자 할머니 왈,

"내가 선先이다!"

 : 누가 선이고, 누가 광을 팔았는지 자꾸 까먹는거죠.

고스톱 많이 치셔서 치매 예방하시기 바랍니다.

 : 건망증이 심해지면 못 말립니다. 계단에서 넘어졌다 일어났는데,

올라가고 있었는지 내려가고 있었는지 몰라요. 분명히 내가 전화

를 걸었는데, 어디다 걸었는지 몰라서 '거기가 어디예요?' 합니다.

전화하다가 "잠깐만 기다려" 해놓고, 김장 30포기 담그고 옵니다.

아이 등에 업고, 아이 없어졌다고 경찰서에 신고합니다. 두시탈출

컬투쇼 오프닝을 들으면서, "지금 몇 시지?" 합니다.

 ★ 모든 일에는 다 이유가 있습니다.
이유를 알고 나면 세상에 그다지 이상할 일도 없어요.

우리 성당 애견 바오로

글쓴이 정영교(babo-911)

때는 월드컵 열기가 한창이던 2006년 여름이었습니다.

우리 성당에 새로 부임하신 요셉 신부님은 닭이며 강아지며 오리 등 가축을 기르는 것을 좋아하셨습니다.

식용으로요.--;

 : 앞마당에 국거리들이 돌아다니고 있었군요.

 : 삼계탕 한 그릇, 보신탕 한 그릇, 오리백숙 한 접시 --;

잡종이었던 바오로도 식용으로 기르던 강아지였습니다.

말복에 신부님과 성당 할아버님들의 보양식으로 유명을 달리할 운명이었죠. 바오로는 그러한 운명을 모른 채 성당 이곳저곳을 뛰어다니며 꼬마 녀석들과 놀아주고, 성당에 드나드는 모든 사람들에게 꼬리를 흔들며 반기는 인기 최고의 애견이자 충견이었습니다.

하지만 즐거웠던 여름날의 시간은 지나가고, 초복… 중복… 말복.

바오로의 운명의 그날은 다가왔습니다.

사람들과 정이 많이 들어, 바오로의 거취를 어떻게 할지 신부님도 난감하신 눈치였습니다. 하지만 할아버님들과 한 약속이 있었기에,

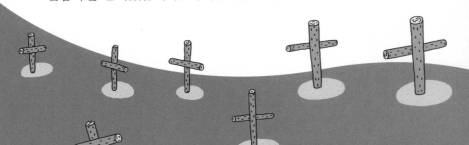

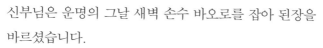

신부님은 운명의 그날 새벽 손수 바오로를 잡아 된장을 바르셨습니다.

다시 찾아온 주일, 아이들은 바오로를 찾았으나 성당 어디서도 바오로를 찾을 수가 없었습니다. 한 아이가 신부님께 울먹이며 "신부님, 우리 바오로 어디 갔어요?"라고 묻자 신부님은 슬픈 아이의 눈망울을 바라보며 이렇게 말씀하셨습니다.

"우리 바오로… 천국 갔다."

 : 순교하셨다.

 : 모두 함께 기도하자구나.

"천국에선 부디 애완용으로 다시 태어나길 바란다."

다음주 바오로의 빈 자리는 새로운 '안나' 로 채워졌고 안나의 운명의 날 역시 다가오고 있습니다.

 ★ 똥개 함부로 걷어차지 마라.
너는 누구에게 한 번이라도 몸 바친 적 있느냐.

그녀의 겨드랑이 털

제가 작년에 군 복무 하고 있을 때였습니다.

전 내무실에서 왕고였습니다. 우리 소대엔 티격태격 잘하는 고참급 후임이 둘 있었습니다.

그날도 이 두 놈이 또 말다툼을 하고 있는 겁니다. 뭔 일인가 봤더니, 모 잡지에 남자와 여자 겨드랑이 털을 구분하는 방법이 적혀 있었는데, 털을 불로 태워보면 타는 소리가 확연히 다르다는 것이었습니다. 여자 털은 무슨 호르몬 때문에 탈 때 '뽀지직' 하고 타고, 남자 털은 그냥 '지지직' 하고 탄다는 겁니다. 그걸 두고 둘이 '맞네, 아니네' 다투고 있기에 제가 한마디 했습니다.

"다투지 말고 직접 실험을 해보면 될 거 아냐."

> : 지금 집에서 방송 듣는 분 중에 자기 겨드랑이 털 뽑는 사람 분명히 있을 거예요.
>
> : 저는 그 잡지의 정체성이 궁금합니다. 설마 … 과학잡지이겠어요?

우선 두 후임의 겨털을 뽑아 태워보기로 했습니다.

신기하게도 '지지직' 하는 소리가 선명하게 들렸습니다.

문제는 여자 겨드랑이 털인데, 우리 부댄 기갑이라 여자 간부도 없어 구할 길이 막막했습니다.

그렇다고 포기할 순 없었죠.

마침 며칠 전 들어온 신병이 눈에 띄었습니다.

"야! 너 여자친구한테 겨드랑이 털 좀 편지에 넣어서 보내라고 해봐! 혹시 타는 소리가 잘 안 들릴 수도 있으니깐 세 개 정도 보내라 그래. 이왕이면 긴 걸로…"

그 신병이 곤혹스럽다는 표정을 지었습니다.

"저… 여자친구랑 사귄 지 100일 겨우 넘었습니다. 겨드랑이 털 뽑아서 보내달라 하기 좀 그런데요. 절 변태로 보지 않을까요?"

그래서 제가 말했습니다.

"그럼 이렇게 해봐. 우리 부대에는 여자친구 겨털 세

여자에 대한 환상은 버려~

윽~
비너스도
겨털이…
실망이야~

개를 부적처럼 가지고 다니는 전설이 있다고! 겨드랑이 털에는 하나하나 상징하는 게 다르다고 말이야. 첫 번째 겨드랑이 털은 여자친구와의 사랑을 상징하는 거야. 그걸 가지고 있으면 군 생활 중에 깨지는 일이 없을 거라고! 두 번째 겨드랑이 털은 그걸 가지고 있으면 고참들에게 절대 갈굼당할 일이 없다고! 그리고 마지막 세 번째 겨드랑이 털은 전쟁이 나더라도 그걸 몸에 지니고 있으면 총알도 피해갈 거라고!"

신병이 저에게 들은 대로 여자친구에게 전했더니 흔쾌히 승낙했다고 합니다.

몇 주 후 드디어 기다리던 신병의 여자친구에게서 편지가 왔습니다. 전 중대원들이 모인 가운데 그 편지를 뜯어보았습니다. 그런데 봉투에는 편지와 함께, 커다란 종이에 털 세 개가 하트 모양으로 코팅이 되어서 들어 있었습니다. 편지에는 이렇게 적혀 있었습니다.

"자기야~ 자기 땜에 털 10일 넘게 길렀어~ 이거 하트 크기로 맞추느라 몇 개를 뽑았는지 몰라~ 살이 다 빨개졌어~ 자기 휴가 나오면 호~ 해줘야 해~ 알았징?"

 ★ "사랑은 심각한 정신질환이다." – 플라톤

내가 먼저 했다

글쓴이 김종수(unasoo)

제 군대 바로 밑 후임병의 일화입니다.

때는 바야흐로 2002년, 단풍이 샤방샤방 들던 가을이었죠. 후임병 인용이가 휴가를 나와서 가족들끼리 산소에 가게 되었답니다.

 : 이(2)인용? 사(4)인용? 오(5)인용?

 : 백(100)인용? 천(1000)인용? 조(100000000000)인용?

인용이, 형, 아버지 이렇게 셋이서 차를 타고 고속도로를 달리던 중 옆에서 이상한 소리가 나더랍니다.

"쏼라~ 쏼라~ 퍽 유~ 갓 뎀~ 쏼라~"

소리가 나는 곳을 쳐다보니 글쎄 옆 차선에서 흑인 세 명이 자신들을 향해 가운데 손가락질을 해대며 욕을 하더랍니다.

"얼레~ 뭐야 저것들은?"

인용이와 형은 흥분하여 창문을 내리고 소리를 고래고래 지르며 같이 욕을 해댔겠지요.

이렇게 대략 10여 분을 달리며 지치지 않는 열정으로 서로 소리를 질러댔다고 합니다. 결국 인터체인지에서 자연스레 멀어져가는 흑인들을 보면서도 흥분한 맘을 쉽게 달래지 못 했다나요.

　　그러다 인용이와 형은 뒷좌석에 계신 아버지가 문득 떠올랐습니다.

　　아버지 앞에서 욕을 해댄 게 맘에 걸렸는지 형제는 살짝 기죽은 목소리로,

　　"근데 점마들은 대체 왜 욕을 해댄 거지?"

　　"글쎄~ 당최 이유를 모르겠네."

　　하면서 자기들이 먼저 시작한 게 아니라는 사실을 은근히 아버지께 말씀드리려고 했답니다. 그런데 뒷좌석에 앉아 계시던 아버지 근엄한 목소리로 하시는 말씀,

　　"내가 먼저 했다!"

　　옆에 가던 흑인들 차에 조용히 가운뎃손가락 욕을 하셨던 겁니다.

@#%$#+& *?x!#xx~~

 : 알고 보면 이게 국제 공용어예요. --;

왜 그러셨냐고 이유를 여쭈어보니, 도로에다 꽁초를 버리기에 욱 하는 맘에 시작하셨다고 합니다.

 ★ 신이 사람의 팔을 길게 만든 이유는 누군가를 안아주라는 배려라죠? 그렇다면 유독 가운뎃손가락을 길게 만든 이유도 분명 있을 겁니다. -_-;

중국집 배달원의 목적

글쓴이 김미란(mirani22)

친구가 초등학생 때 일입니다.

친구 부모님께서 동네 작은 구멍가게를 하고 계셨는데, 과수원도 병행하고 계셔서 자주 밭일을 나가셨습니다.

그래서 친구가 가게를 보는 일이 많았죠.

그날도 친구 혼자 점심을 챙겨먹고 TV를 보면서 한가로이 가게를 지키고 있었답니다. 그런데 밖에서 오토바이 소리가 들리더니, 중국집 배달원 아저씨가 철가방을 들고 가게로 들어오더랍니다.

당황한 친구는 아저씨를 보자마자 다급하게 외쳤죠.

"아저씨! 저 자장면 안 시켰는데요?!"

그러자 그 아저씨 철가방을 바닥에 내려놓으며 하는 말,

"야! 나는 껌도 못 사 먹냐?!"

껌 줘!

근처에 배달 왔다가 가게로 껌을 사러 온 것이었습니다.
중국집 배달원도 손님인 것을…
내 친구, 웃지도 못 하고 민망해했답니다.

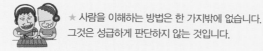 : 우체부 아저씨도, 야쿠르트 아줌마도, 택배 기사도 모두 껌 씹고 싶
을 때가 있는 법이에요.

: 특히 점심에 매운 낙지볶음이나 부대찌개 먹고 난 후에는 더더욱요.

★ 사람을 이해하는 방법은 한 가지밖에 없습니다.
그것은 성급하게 판단하지 않는 것입니다.

김장 20포기

아는 형님에게 들은 얘기입니다.

하루는 그 형님이 친구들과 술자리를 하게 됐답니다. 그런데 1차가 끝나자 친구 중에 한 분이 자꾸 2차로 나이트클럽을 가자고 졸랐답니다. 그래서 어쩔 수 없이 5명에서 나이트클럽을 갔답니다. 맥주도 먹고 춤도 추러 나가고 아무튼 재미있게 놀고 있는데 블루스 타임으로 바뀌자마자 웨이터가 웬 아주머니 손을 붙잡고 왔더랍니다. 부킹이 들어온 거죠.

: 어딜 가나 돼지엄마는 꼭 있죠?
예전엔 박찬호, 조용필, 서태지는 꼭 한 명씩 있었는데
요즘은 못 쓰게 돼 있다고 하대요?

: 뭐니뭐니해도 웨이터 이름의 최고봉은 '설렁탕'이죠.
'설렁탕'의 보조 웨이터 이름이 '다대기'라죠?

아시다시피 성인 나이트클럽에는 아주머니, 아저씨들이 많지 않습니까? 나름 그 아주머니가 마음에 든 형님이 정중히 말했답니다.

"블루스 추실래요?"

그 아주머니 흔쾌히 승낙을 하더랍니다.

그래서 무대로 나갔는데, 흔쾌히, 자신 있게 대답하신 아주머니가
블루스를 추면서 사시나무 떨듯 떨더랍니다.

그래서 형님이 귀에 대고 이렇게 말했답니다.

"긴장하셨나봐요."

그랬더니 그 아주머니 부끄러
운 듯 수줍게 웃으며,

"네, 20포기 했어요. 옷에서 냄새나죠?"

 ★ 펭귄은 자기 체력의 70%를 순전히 얼음판 위에서 넘어지지 않으려고 균형
잡는 데에만 쓴다고 합니다. 흔들리지 않고 사는 것만큼 어려운 일도 없을 겁
니다.

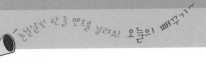
온몸살인 한 줄 멘트를 날려라! 오늘의 빼꾸기~

하필이면 그때! 곤란했던 일, 안 좋은 타이밍!

4852 ★ 군대시절 훈련 뛸 때 목이 너무 말라서 계곡물 마시는데 하필 그때 위쪽에서 2소대원들이 소변을 보고 있어요. ㅠㅠ

1923 ★ 지하철 오는 소리 나서 친구들이랑 후다닥 뛰었는데 친구들은 다 타고 내 앞에서 문 딱 닫힐 때

9960 ★ 편의점 알바 합니다. 흑인이 와서 무슨 말을 하는데 못 알아들어서 건너편 편의점 가르쳐 줬어요. ㅋㅋ

3859 ★ 야동 보다 엄마가 들어왔는데 당황해서 모니터만 껐을 때. 소리 땜에 엄청 맞았죠.

0514 ★ 낮에 한강 공중화장실에서 큰일을 보고 있는데 문이 활짝 열렸어요. 기다리는 사람과 눈 마주쳤어요.

5991 ★ 어머님께 인터넷 가르쳐주다가 실수로 야모 포털에 O 하나 더 붙였더니 성인사이트가 뜨더라구요. 열나 맞았어요.

4070 ★ 화장실에서 화장지가 없어 엉거주춤한 자세로 옆 칸으로 옮겨가는데 하필 그때 사장님이 들어오셨어요.

0179 ★ 분식집에서 순대랑 떡볶이를 2천원어치 먹었는데 조금 더 먹고 싶어서 이쑤시개로 하나 더 집어먹다 걸렸어요.

0808 ★ 엄마가 아빠 지갑에서 몰래 돈 빼는 거 저한테 들켰어요. 만원 받았어요. ㅎㅎ

6850 ★ 길에 주차된 차 유리 보면서 코 파는데 차창이 내려가면서 여자가 절 째려봤어요.

0217 ★ 우리 아빠가 할머니네서 고추장 가져오다 교통사고가 났는데 사람들이 놀랐어요. 고추장이 엎어져서 범벅이 됐는데 피범벅인 줄 알고요. ㅋㅋ

1472 ★ 일본어 가이드 할 때였어요. 설명 끝나고 다른 곳으로 이동하는데 걸을 때마다 방귀가 나오는 거예요. 창피~

1285 ★ 피자 배달 뒤 전단지 붙이며 내려오다가 청소 아주머니한테 딱 걸려서 떼는 척했어요. ㅋㅋ

8307 ★ 엄마한테 언니 비행을 고자질하는 문자 보내려 했는데 언니한테로 잘못 보냈을 때

6291 ★ 가출한 지 5일째 되는 날, 택시 합승했는데 뒤에 아버지가 타고 계셨을 때

9994 ★ 좋아하는 오빠가 뒤에 있는 걸 의식하고 예쁜 척 걷다가 치마 벗겨졌어요.

3925 ★ 초등학교 때 소극적인 성격인 제가 친구와 싸우고 화가 나 책상을 박차고 일어났는데 지퍼가 열려 있어서 엄청 놀림받았어요.

8743 ★ 채팅으로 친구들과 음담패설을 나누고 있는데 어느새 뒤에 아빠가… 전 딸인데요.

4397 ★ 반팔 입은 여친 소매에 실이 삐져나온 줄 알고 뽑았더니 겨드랑이 털이에요. ㅠㅠ

촌철살인 한 줄 멘트를 날려요! 오늘의 뻐꾸기~

이럴 때 뻘쭘하다

0012 ★ 전역하던 날 헌병간부가 전역증 달라고 했는데 악수하자는 줄 알고 손 내밀었을 때

3285 ★ 몰래 방귀 꼈는데 공기청정기 오염도 확 올라갈 때요. ㅋㅋ

8179 ★ 길거리에서 오랜만에 만난 사람과 대화 후 잘 가라고 인사했는데 같은 방향으로 계속 갈 때

2626 ★ 길 걷다가 기지개 펴려고 손 올렸는데 택시가 섰을 때

9863 ★ 친군 줄 알고 뒤에서 크게 불러댔는데 친구도 아니고, 모른 척 하려 했는데 주위에 사람 나 하나일 때

3014 ★ 왕복 8차선 도로에서 무단횡단 하다가 타이밍 놓쳐서 중간에 꼈을 때

9910 ★ 강아지랑 뛰면서 놀고 있는데 어느새 강아지는 가만히 앉아서 구경하고 나 혼자 뛰고 있을 때

5268 ★ 화장실에 볼일 보면서 옆 칸에 친구인 줄 알고 말 걸었는데 모르는 사람이 대답했어요.

0333 ★ 메신저에 남친이 있기에 '바보똥개말미잘' 이라 쳤는데 남친 어머니셨어요.

2522 ★ 길 가다가 누가 인사하기에 얼떨결에 같이 인사했는데 뒷사람한테 하는 거더라구요.

9871 ★ 여자친구에게 전화해 프로포즈 했는데 어머니가 전화 듣고 나서 "그래 알았다. 그 말 전해 줄게" 할 때

1059 ★ 버스에서 우산 줍다가 버스가 급정거해서 앞구르기 했어요.

3088 ★ 택시 뒷좌석에 친구랑 앉아 있다가 친구가 먼저 내리고 문 닫아버렸는데 기사님도 그냥 출발할 때

0412 ★ 강의시간에 친구 폰카로 사진 찍다 안 들킬 줄 알았는데 '스마일' 소리 날 때

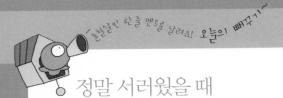

춘천살인 한 줄 멘트를 날려요! 오늘의 빼구기~

정말 서러웠을 때

8645 ★ 일이 바빠서 밤늦게 들어오고 새벽에 일찍 나가는데 가끔 딸아이가 출근하는 나를 보고 안녕히 가세요 할 때

8774 ★ 맛있는 반찬 아껴 먹는다고 밥 위에 놔뒀는데 안 먹는 줄 알고 누가 낼름 먹을 때

3636 ★ 후반기 훈련 때 3분간 전화시간을 줬는데 아버지가 수신자거부 하셨어요.

6450 ★ 엄마가 오빠는 큰 사발면 나는 작은 사발면 끓여줄 때. 나도 큰사람 되고 싶은데요.

2226 ★ 오랜만에 조카 봐서 안아주려고 "성주야 이리 와" 했는데 달려와서 뺨 때릴 때

0792 ★ 매일 찬밥 드시는 엄마 생각해서 몇 번 찬밥 내가 먹는다고 했는데 이젠 매일 찬밥만 줘요. 이게 바로 찬밥 신세?

1848 ★ 육남매의 가족 여행. 자리가 모자라다며 막내인 나만 트렁크에 태울 때

0830 ★ 간만에 용기내 미니스커트 입고 나갔다 왔는데 아빠가 폭소하면서 다신 입지 말래요.

8332 ★ 기숙사 생활 할 때 너무 아파서 조퇴 후 버스 타고 병원 가는데 자리 양보 안 한다고 할머니가 째려볼 때

3299 ★ 친구들이랑 같이 무도회장 갔는데 웨이터가 내 얼굴 보더니 카바레 명함 줄 때

0672 ★ 군에서 여름에 바닷가 가서 몸 자랑하려고 두 달 동안 몸 만들고 휴가 나갔는데 9박 10일 동안 비 왔어요.ㅠㅠ

2979 ★ 군에서 몰래 화장실에서 건빵, 초코파이 먹다 선임한테 걸려서 초코파이 먹으면서 맞을 때

9923 ★ 군대 있을 때 5백원짜리 빵 먹으려고 헌혈했는데 그 빵 옆에서 뺏어먹을 때

3299 ★ 친구랑 환승하려고 버스 탔다가 잔액이 부족하다고 해서 나는 내리고 친구는 버스 타고 갈 때

8120 ★ 설날 때 친척 동생보다 키가 작아 내가 더 동생인 줄 알고 세뱃돈 덜 줄 때

9969 ★ 직장 때문에 자취하는데 돈 없는 주말에 배고플 때. 엄마가 해주는 밥이 그리워요.

6357 ★ 엄마한테 피곤하다 하면 일찍 일찍 댕겨라 하고 남동생이 피곤하다 하니 홍삼 엑기스 2개월분 사 먹일 때

0124 ★ 친구 얘긴데요, 첫 휴가 나왔는데 가족들도 없고 연락도 안 돼서 2박 3일간 찜질방에서 지내다 갔어요.

3027 ★ 3분 카레 해놨는데 밥이 없을 때

8511 ★ 엄마한테 고기 구워 달랬더니 고기가 어딨어! 하시더니 오빠가 오니까 고기 구우시는 엄마

4563 ★ 갑자기 비가 와 회사 앞에 딴 여직원들은 애인이 우산 들고 오고 나만 비닐 뒤집어쓰고 갈 때

4686 ★ 힘들게 10킬로그램 뺐는데 친구가 이제 얼굴만 빼면 되겠다고, 큰 두상 도드라진다 할 때

3829 ★ 우리집 개 발톱 손질하는데 3만원. 내 손톱은 이로 물어뜯어 손질할 때

사소한 것에 반했다

1387 ★ 저는 이상하게 여자들 손톱 때에 끌리네요. 매력 있어 보여요.

0916 ★ 제 남자친구가 땀이 많거든요. 근데 신기하게 암내가 안 나요. 그게 너무 좋고 오래 사귀게 된 계기죠.ㅋㅋ

8987 ★ 제 남자친구는 방귀소리와 강도를 조절하면서 껴요. 자유자재로 가능한 방귀에 반했어요.

5082 ★ 친구가 남편 이름에 반했대요. 남편 이름이 김갑부예요.

0174 ★ 집에 가는데 뒤에서 제가 탄 택시번호를 적고 있는 지금 남친 모습에 반했어요.

7776 ★ 수영장에서 지금 여친을 만났는데 내 오리궁뎅이가 힙업인 줄 알고 반했답니다.

6253 ★ 제 여자친구는 저보다 연상인데요, 같이 다니면 자기가 어려 보인다고 좋대요.

5832 ★ 울산 컬투쇼 공연 온 날 생각지도 않은 기습 프로포즈 받아 결혼까지 했어요.

4879 ★ 김장하는 신랑 모습이 섹시해서 결혼했어요. 팔뚝이 얼마나 울퉁불퉁하던지…

9526 ★ 자장면 다 먹고 물로 그릇 헹궈먹는 아버지의 터프함에 반했다는 우리 엄마~

0696 ★ 아기 낳을 때 26시간 진통할 때 옆에서 내 손잡고 울고 있던 신랑 모습. 너무 멋있고 감동이었어요~ 다시 반했어요!

1202 ★ 출근길에 낯선 남자가 회사 앞까지 따라와서 연락처 줬다고 자랑하는 그녀가 참 예뻐 보였어요. 지금은 제 애인.ㅋㅋ 그때 따라오신 분 죄송합니다~

9570 ★ 제 와이프 술 먹는 거에 반했어요. 주량이 소주 일곱 병. 제 주량은 한 병.ㅠㅠ

9334 ★ 남친이 집에 왔을 때 변기가 막혔는데 그걸 뚫어주는 모습에 또 반했어요. 듬직했죠.

2548 ★ 7년 친구일 땐 몰랐는데 일하는 뒷모습 보고 남자로 보이더라구요. 내일 200일입니다. 지금 놀러가요~

6422 ★ 후진하면서 한 손은 핸들 한 손은 조수석 머리 받침을 잡고 고개를 뒤로 돌려보면서 운전하는 남친의 옆선.

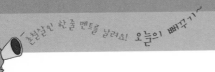

촐싹살인 한 줄 멘트를 날려요! 오늘의 뻐꾸기~

오늘도 내가 참는다

4536 ★ 친구녀석이 성형외과 의사인데 믿고 쌍꺼풀 했다가 취직도 안 돼요! ㅠㅠ

6062 ★ 짝꿍이랑 얘기할 때 짝꿍 입에서 X냄새가 나지만 친구 상처 받을까봐 참는다.

0822 ★ 배고파 죽겠는데 살 빼려고 아침 점심 저녁 김밥 한 줄씩 먹고 참을 때요. 컬투 오빠들 저 몸짱 돼서 방청 갈게요~

3505 ★ 씨름선수만 한 남자가 자기 주먹만 한 강아지 데리고 지나가네요. 웃겨 죽겠는데 열심히 참고 있어요.

7487 ★ 지하철에 앉아 있는데 웬 여자가 졸다가 제 무릎 위에 앉았어요. 어쩔 수 없이 참고 자는 척했어요.

1035 ★ 할아버지 한 분이 지팡이를 짚고 반대편에서 걸어오시는데 제 발등을 지팡이로 찍고 아무렇지 않게 걸어가세요.ㅠㅠ

4819 ★ 화장실에서 대변 보고 있는데 누가 밖에서 제 욕 할 때요.- -; 소리 낼 수도 없고 흑 참아야죠.

5538 ★ 엄마가 참는 건데요, 제가 새우를 좋아해서 해물 알레르기가 있으신데도 이맘때면 항상 새우를 까세요.

1227 ★ 할아버지 장례식장에 온 아저씨가 절하면서 방귀를 뿡 뀌셨는데 웃을 수도 없고 죽는 줄 알았어요.ㅋㅋ

5685 ★ 지하철에서 옆 사람이 앞에 수녀님 발을 밟고 "죄송합니다, 보살님" 이러네요.

8790 ★ 바르는 치질약 실험맨 알바 하느라 똥을 나흘째 참았어요. ㅠㅠ 시급이 세서…

1228 ★ 네 살 조카가 12시 전엔 못 자게 하고 새벽 6시면 깨워요. 때릴 수도 없고…

9060 ★ 키우던 강아지 잃어버려서 남자친구 어머니 보는 앞에서 엉엉 울었는데 어머니가 개고기집 데려가실 때

7477 ★ 룸메이트가 제가 집에 들어갈 때마다 불을 꺼놓고 집 어딘가에 숨어 있어요. 매일 놀래켜요. ㅠㅠ

9697 ★ 갑자기 말 걸어오는 외국인. 난 오늘도 말을 참는다.

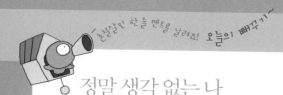

정말 생각 없는 나

9946 ★ 제 친구는 아무 생각 없이 애만 낳다가 애가 일곱입니다. 근데 뱃속에 여덟째가 있어요. ㅋㅋ

7249 ★ 과일 향 맡으면 두통 없어진다 해서 오렌지 주스 빨대에 코 대고 눌렀는데 콧속으로 쑥 ~ 컥컥

3145 ★ 친구가 친오빠 사진을 보여주는데 순간적으로 얼굴을 가리며 "아 정말 미치겠다" 해버렸어요. 친구야 미안~

3745 ★ 어제 토익시험 날이었는데 일산에 신청을 해두고 부천으로 가서 시험도 못 보고 돈도… ㅠㅠ

7733 ★ 이틀 연속 샤워하고 팬티 입으려고 냉장고 문 열고 계속 팬티 찾았어요. 미쳤나봐.

4385 ★ 회사 팀장님한테 언니라고 했어요. ㅋㅋ 전 남자구요.

7241 ★ 자장면 한 입 먹고 단무지 한 입 먹고 하다 보면 자장면 위에 한 입씩만 베어 먹은 단무지가 어느새 10개도 넘어요.

5797 ★ 바나나를 깐 후 생각 없이 알맹이는 버리고 껍질을 반 쯤 먹은 나를 발견했을 때

9192 ★ 아무 생각 없이 찌개 끓이다 소금 아니라 커피 프림 넣었어요. 정신이 이민갔나봐.

6791 ★ 서울에서 경부선 타고 내려갈 때 오산에서 내려야 하는데 정신차려보니 대전일 때

5807 ★ 아무 생각 없이 교수님께 형이라고 했어요. 교수님들이 회의 중이었는데…

4481 ★ 컬투쇼 들으며 정신없이 웃다가 '아 이 사람 진짜 웃기다' 싶었는데 내 사연이었어요.

0302 ★ 엘리베이터에 타고 아무 생각 없이 문이 열리길 기다리는데 층도 안 누르고 마냥 기다리고 있을 때

2759 ★ 세수한 후에 안경 끼고 아무 생각 없이 얼굴에 로션 발랐어요. 앞이 안 보여요.

6879 ★ 집배원인데요, 2층에 배달해야 하는 등기를 아무 생각 없이 5층까지 가서 문 앞에서 벨 누를 때 ㅠㅠ

무식이 탄로났다

4197 ★ 제 친구가 놀이공원에 있는 자이로드롭을 자유로드롭이라고 했어요.

3025 ★ 친구가 LA가 로스엔젤리스 안에 있다고 했어요.

0223 ★ 조카가 포도 더하기 포도는 뭐냐고 묻기에 당황해서 거봉이라고 했어요.

4379 ★ 친구한테 샤넬을 혀 굴리면서 채널이라고 읽었어요.

9262 ★ 친구가 서귀포 감귤을 가지고 왔는데 다른 친구가 제주도 감귤이 맛있다면서 둘이 싸웠어요.

1017 ★ 아프다기에 병원 가서 CCTV 찍어보라고 했습니다. CT인데 말이죠.

1314 ★ 여자친구가 무슨 띠냐고 물어봐서 전 작년에 원숭이띠였는데 올해는 몰라 했다가 아직도 무식하단 소리 들어요.

1007 ★ TV에서 천만원짜리 퀴즈 푸는데 여덟 살 아들놈이 라플레시아 하기에 시끄럽다고 쫓아냈는데 정답이에요!

4575 ★ 스테이크 집에 가서 미팅녀 미디움 시키고 나는 라지요 했더니 연락 안 와요.

4458 ★ 처음 간 호텔 로비에서 잘난 척한다고 체크아웃인데 로그아웃이라 했어요.

7515 ★ 어린왕자 책을 읽어보고 싶다던 여친에게 "어린이왕자도 못 읽었냐?"고 구박했어요.

0777 ★ 대학시절 친구가 수학책 들고 와서 무한대 표시 보고 8자 옆으로 누운 거 뭐냐고 물어본 적이 있네요.

4398 ★ 크리스마스이브를 2부로 알고 몇십 년을 살았어요. 정말 어처구니없는 무식함.

8871 ★ 박스 숫자 세다 6×8=44로 계산해서 박스 안 맞다고 우겼어요. 무식이 탄로났어요.

7778 ★ 예전 여자친구가 감개무량하다고 했는데 욕하는 줄 알고 싸웠다는…

6328 ★ 밥집 갔는데 친구가 물 달라고 하기에 제가 말했죠. 바보야 여긴 더치페이야.

1447 ★ 아빠 생일선물 사러 백화점 가서 카디건을 가드레인 주세요 했습니다.

6062 ★ 패스트푸드점에서 콜라 리필해달라고 해야 되는데 리플해달라고 했어요.

6248 ★ '핫팬츠 입으니까 나 섹시하지 않니'를 핫팬티 입어서 섹시하지 않냐 그랬어요.

5686 ★ 아는 분이 시골에서 올라온 친구들과 KFC에 처음 갔는데 그 중 한 분이 양념 반 후라이드 반 주세요 했대요.

1451 ★ 친구가 어느 교수님을 안타깝게 보며 저한테 귓속말로 '저 교수님 비둘기 아빠래.'

5381 ★ 뜨거운 여름날 음료수 영업하는 친구에게 "너 요즘 피클이라 엄청 바쁘겠다!" 했어요.

0314 ★ 목도리에 핸드메이드라 쓰여 있었는데 친구한테 이것도 수입이야 했어요.

친절한 한 줄 멘트를 날려요! 오늘의 뻐꾸기~

세상에 이런 일이

7426 ★ 개를 키우는데요, 둘 다 색깔은 흰색이구요. 근데 새끼가 검정색이에요!

6708 ★ 뻐꾸기시계라고 해서 샀더니 닭이 울어요! 오메!

5196 ★ 오늘 점심으로 자장면하고 탕수육 먹었는데 탕수육에 금반지가 튀겨져 있었어요!

5998 ★ 치킨 한 마리 먹으려고 시켰는데 날개 네 개, 다리가 세 개 들어 있어요. 이게 뭐야~

0124 ★ 제 동생은 김치를 싫어해서 김치를 안 먹는데 방귀를 뀌면 김치 냄새가 나요~

8511 ★ 어제 남이섬에서 청솔모에게 밤을 던져줬는데 꼬리로 받아쳤어요. 제 얼굴로 날아왔어요.

2648 ★ 일 때문에 대천에 왔는데 예쁜 오픈카가 보여 가까이 가서 봤더니 티코 위 뚜껑을 절단기로 자른 거였어요.

4240 ★ 산모가 자연분만으로 아이를 낳자마자 "의사 선생님 감사합니다. 간호사 언니 수고했어요" 인사했어요. 초산인데…

4864 ★ 소개팅 전날 꿈에서 봤던 남자가 소개팅에 나왔어요. 지금 잘 사귀고 있어요. ^^

1522 ★ 아침에 일어나서 화장실을 갔는데 문이 잠겨 있어 문고리 잡고 힘을 준다는 게 그만 문을 부수고 말았어요. 안에 있던 아빠가 너무 놀랐어요. ㅋㅋ

6549 ★ 제 친구는 자는데 누가 뺨을 짝 때려서 일어났더니 천장에 붙어 있던 별 모양 플라스틱이 떨어져서 얼굴에 붙어 있더래요.

5682 ★ 몸무게를 재려고 체중계 위에 올라갔는데 부서졌어요.

3643 ★ 어제 모기한테 팔을 일곱 방 물렸는데 북두칠성 모양으로 물렸어요. 신의 암시인가?

1311 ★ 자전거 타고 가다 차에 치었는데 보닛을 굴러 차 앞 유리를 다 깼는데 전 멀쩡했어요. 24살 여잔데요, 민망했어요.

9059 ★ 아침에 베란다로 참새만 한 새가 들어와서 밖으로 내보내려고 잡았더니 박쥐네요.

3510 ★ 옆집에 딸이 세 명이 있는데 전부 시집은 가지 않고 군대를 가더군요.

3258 ★ 저는 방귀 꼈는데 수박씨가 나와서 황당했어요. 분명히 똥은 안 나왔어요.

7886 ★ 어제 전북 남원에 내려갔는데 광한루 사거리에서 개가 신호를 기다리다 건너갔어요.

7709 ★ 공을 찼는데 할아버지 머리를 맞고 틀니가 떨어졌어요. 그걸 버스가 밟았어요.

1473 ★ 초가집으로 된 음식점인데요, 상견례 자리인데 천장에서 고양이하고 쥐가 떨어졌어요.

3001 ★ 얼마 전 미팅했던 아리따운 그녀가 술 먹고 나름대로 작게 방귀를 뀌었는데 청바지 뒤가 찢어졌네요.

6045 ★ 회식 날 발 냄새가 많이 나서 씻으러 들어갔는데 세면대에 발 올려놓고 씻다가 세면대가 부서졌을 때

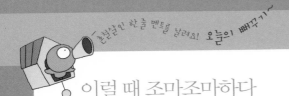

흔한삶의 한 줄 멘트를 날려요! 오늘의 빼꾸기~

이럴 때 조마조마하다

4013 ★ 양치 안 하고 출근했는데 엘리베이터에서 상무님 만났을 때. 말 거실까봐 조마조마해요.

2696 ★ 컬투쇼에 사연 올렸는데 오빠들이 "사연 읽겠습니다"라고 말할 때! 내 사연일까 조마조마해요.

6844 ★ 컴퓨터에 야동 제목을 영화 제목으로 바꿔서 저장했는데 여친이 그 영화 보자고 할 때

8147 ★ 방에서 컴퓨터로 야동 보다 엄마가 들어간다 해서 급하게 끄는데 에러나서 멈출 때

9137 ★ 빨리 퇴근하려고 회사 시계 빨리 돌려놨는데 과장님이 시계 보면서 시계 비뚤어졌다고 하실 때

1257 ★ 가발을 쓰는데 외출해서 태풍이 불면 조마조마하죠.

8155 ★ 5백원짜리 물건 산다고 천원 냈는데 9천 5백원 거슬러 줬을 때

6206 ★ 인형 뽑기 할 때 살짝 들린 채로 흔들거리며 딸려 나올 때

4523 ★ 늦어서 택시 탔는데 주머니에 돈이 별로 없을 때. 택시 미터기에서 잠시도 눈을 뗄 수 없어요.

6312 ★ 아버지 양주를 친구와 함께 훔쳐먹고 보리차 채워넣었는데 아버지가 그 양주 가져오라고 하실 때

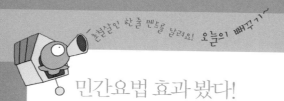

민간요법 효과 봤다!

0204 ★ 벌이 쏘려고 할 때 닭소리를 내면 안 쏜대요.

8618 ★ 우리 할매는 항문이 아플 때 칼 가는 숫돌을 달궈서 수건으로 감싸고 그 위에 앉아요.

9444 ★ 개한테 물리면 개 꼬리를 잘라 태워 그 재를 물린 곳에 바르면 금방 상처가 아문답니다.

5857 ★ 추석에 시댁 갔다가 급체 했는데 시어머님이 갑자기 식칼을 입에 물고 누우라더니 김칫국
       물을 들이부었어요.

3566 ★ 할머니 말씀이 발에 티눈 있으면 조기 눈알을 지갑에 넣고 다니면 빠진대요.

0858 ★ 벌에 쏘이면 된장 바르면 된다 해서 눈에 발랐는데 한쪽만 쌍꺼풀 생겼어요.

0531 ★ 아토피에 뱀딸기풀을 삶아서 그 물로 목욕을 하면 효과본대요.

1090 ★ 방귀 냄새가 많이 나는 사람은 마늘을 많이 먹으면 냄새가 안 난대요. 대신 입 냄새가 많
       이 난대요. ㅋㅋ

7257 ★ 신생아 오줌 기저귀로 얼굴을 닦으면 기미에 효과가 있다는데 못 하겠더라구요.

5726 ★ 팔이나 발에 인대가 늘어나거나 타박상 있을 때 울할머니는 개똥을 발라주셨다.

2411 ★ 목감기 초기에 파를 통째로 목에 묶어놓으면 좋아요! 목도리처럼요~

2199 ★ 제 경우 모기 물린 곳을 손톱으로 십자를 만들고 침을 바르면 물파스보다 효과 있더라구요.

6456 ★ 방귀가 나올 때 엄지손가락을 뾰족한 걸로 꽉 누르면 들어간대요.

0624 ★ 설사 할 때 밤꽃 말린 걸 삶아 그 물을 마시면 설사가 멈춰요. 토할 만큼 떫지만 효과만점.

8699 ★ 할머니가 배탈 나면 배에 휴지 한 조각 불로 태우고 그 위에 스테인리스 밥그릇을 올리고
       밥그릇이 배에서 떨어지면 체기가 내려간댔어요.

3127 ★ 다래끼가 났을 때 배꼽에 소금을 넣고 반창고를 붙이고 자면 다음날 100% 없어져요.

5616 ★ 발에 티눈 생겼을 때 따뜻한 똥 밟는 게 좋대요~ 포인트는 따뜻한 똥!

3405 ★ 종기 나면 소주에 밀가루 반죽해서 바르면 밀가루가 마르면서 고름을 쫙 빨아낸대요.

5695 ★ 딸꾹질 날 때 컵 위에 나무젓가락을 십자로 놓고 물을 한 모금씩 모아 마시면 뚝!

1936 ★ 우리 할머니 민간요법은 물파스. 무조건 아프면 물파스를 발라요. 하다못해 치질 걸렸을
       때도!

7426 ★ 고무장갑을 머리에 두르면 머리 작아진다는 말에 따라했다가 지금 제 얼굴은 옥수수형.

5094 ★ 잠잘 때 이 가는 사람은 본인이 산에 가서 벌어진 나뭇가지 사이에 돌을 올려놓으면 이를
       절대 안 간다더라구요.

2622 ★ 이사할 때 요강에 생쌀을 넣어서 이사할 집 안방에 제일 먼저 모셔놓고 그 쌀로 밥을 해
       먹으면 집이 가족으로 받아준대요.

이곳에 오면 모든 고민이 무너집니다!
혼자 가슴속에 묻어둔 고민들, 창피해서 얘기 못하는 고민들,
시시콜콜하고 자잘한 고민들만 받습니다.
성심성의껏 상담하지만, 시원하게 해결되지는 않습니다.

3. 손애진의 고민.
"시베리아에서 어떻게 다이어트 하나요?"

여기는 눈, 비바람치는 시베리아인데요. 인터넷 공중전화로 걸어요.

여름에 서울로 돌아가면, 수영복을 입고 싶어요.

시베리아에 살을 버리고 가는 방법 없을까요?

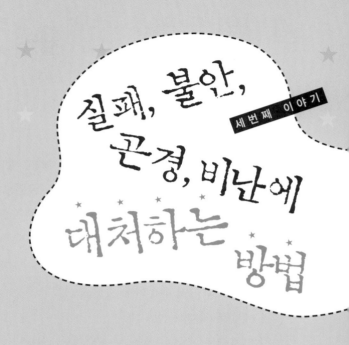

세 번째 이야기

실패, 불안,
곤경, 비난에
대처하는 방법

겨털의 뜨거운 추억

글쓴이 홍해은(talldane)

얼마 전 겪었던 짧고도 강렬한 이야기를 하려고 합니다.

아주 더운 날이었어요. 친구와 저는 가까운 공원으로 놀러갔죠. 나무 그늘에 앉아 있는데 갑자기 어디서 휴대폰 진동소리가 울리는 겁니다.

징~ 징~ 징~

제 전화는 아니어서 친구한테 말했죠.

"야! 너 전화 왔나봐. 받아봐."

그러자 친구는 "응? 나 진동 아니야" 하는 겁니다.

그러면서 휴대폰을 들어올리는데, 순간 민소매티를 입은 친구의 매끈한 팔 사이로 시커먼 겨털이 보이는 것이었습니다. 전 너무나도 당혹스러워 조심스럽게

"야, 너 민소매 입으려면 겨털 좀 깎고 오지 그랬어. --;"

그러자 친구는 무슨 말이냐는 듯 "응? 나 깎았어!" 하더라구요.

그래서 제가 "아니야 시커매~ 다 보여" 하자

"응? 정말 어디?" 하며 친구가 팔을 드는 순간

겨드랑이 사이에 껴 있던 매미가 휙 하고 날아갔습니다.

: 어떻게 하면 매미가 거기로 들어가 끼어 있을 수가 있을까요?

 : 손으로 햇빛을 가리고 걸을 때 매미가 팔뚝을 나무기둥으로 착각하고 날아가 앉았다가 변을 당한 거 아닐까요?

자연친화적인 몸매신가봐요~

 ★ 누가 양복바지 뒷주머니에 세탁소에서 붙여놓은 주소 적은 종이를 하루 종일 붙이고 다니는데도 아무도 얘길 안 해주는 거예요. 평소에 말 붙이기도 좀 어렵고 워낙 딱딱하게 굴어서 친한 사람이 별로 없는 사람이었는데, 바지 뒷주머니에 붙은 종이를 보면서 '인간관계가 나오는구나' 생각했어요.
세상에는 두 종류의 사람이 있습니다.
내 이 사이에 뭔가 끼었을 때 말을 해주는 사람과 말해주지 않는 사람^^.
내가 정말 이상할 때 "너 이상해"라고 얘기해 줄 수 있는 사람이 몇이나 되세요?

모두를 당황하게 했던
구렛나루

글쓴이 **최정현**(chjh666)

고등학교 2학년 때 일입니다.

지금이야 두발 자율화가 보편적이지만, 8년 전만 해도 우리 학교는 두발 규제를 했답니다. 그놈의 두발 규정 때문에 수시로 두발 검사를 했고, 어느 날 친구 중에 소위 좀 논다는 친구가 딱 걸렸습니다. 친구는 어쩔 수 없이 머리를 잘라야 했지요. 그러나 머리는 짧아도 구렛나루만큼은 포기할 수 없었던 시절이었거든요.

 : 구렛나루, 아니 죠. 구레나룻, 맞습니다.
짜장, 아니 죠. 자장, 맞습니다.
 : 짬뽕, 아니 죠. 잠봉, 맞습니다.

친구는 자기의 자존심과도 같은 구레나룻을 자를 수가 없었습니다.

그런데 미용사가 "머리 어떻게 자르실 거예요?" 하고 묻는 순간, '구' 자가 들어간 그 단어가 생각이 안 났던 친구는 그만 이렇게 말하고 말았습니다.

"스포츠머리로 자를 건데요, 사타구니는 남겨주세요!"

 ★ 무식하다고 비웃지 마세요.
알고 보면 모두가 무식합니다. 무식한 분야가 다를 뿐이죠.

미안해서 미안해서

글쓴이 송세윤(ssy523)

저와 누나는 이란성 남녀쌍둥이입니다.

저희는 같은 대학교에 나란히 입학했습니다.

저는 ROTC여서 방학이면 군사훈련을 받으러 가야 했습니다.

첫 군사훈련을 마치고 집에 돌아오는데 어머니와 쌍둥이 누나가 절 맞이하러 왔더군요.

하지만 누나는 차에서 나오질 않았습니다.

반가워할 줄 알았는데 의외라 생각하며 차에 타는 순간, 양쪽 눈두덩에 반창고를 붙이고 앉아 있는 누나를 발견했습니다.

절 보자마자, "이쁘지? 이쁘지? 이쁘지? 응? 이쁘지? 이쁘다고 한 번만 해주라" 하는 겁니다.

쌍꺼풀 수술을 했더군요.

전 '뭐 요즈음 쌍꺼풀은 기본이니까…' 라고 대수롭지 않게 생각하고 넘겼습니다.

그 다음 하계훈련을 마치고 집에 돌아오는데 또 어머니와 누나가 저를 마중나왔더군요. 이번에도 차에서 나오지 않는 쌍둥이 누나. 차에 타는 순간, 코에 반창고 같은 걸 붙이고 코언저리가 퉁퉁 부은 채로 또 이러는 겁니다.

맛있는 쭉쭉빵빵
성형빵빵

"이쁘지? 이쁘지? 이쁘지? 나 코 높
아졌지 않냐? 코 높지? 높아졌지?"

쌍꺼풀은 그렇다고 치더라도 코는 정말
아니라고 생각했습니다.

집에 도착하자마자 전투화를 벗으면서 전 아버지에게 따지듯이 물
었습니다.

"아버지, 왜 쟤 자꾸 수술 시켜주는 거예요? 예? 그럴 돈 있으면 저
용돈이나 많이 주시지. 어차피 쟨 시집 가면 끝이잖아요. 저번에 쌍꺼
풀도 그렇고 라식도 그렇고 치아교정도 그렇고…"

 : 그럼 그 전까진 어땠다는 거예요?

 : 실눈에 낮은 코, 빙글빙글 돌아가는 안경, 툭 튀어나온 뻐드렁니?
어쩜 좋니~

 : 남녀 쌍둥이기에 망정이지 여자 쌍둥이였으면 기둥 몇 개
뽑았겠어요.

그러자 아버지가 한숨을 쉬며 한마디 하셨습니다.

"에효… 미안해서… 미안해서… 미안해서… "

많이 미안하신 아버지는 누나를 보고 '성형미인' 이라고 부르지 않으십니다. 아무리 성형을 해도 '미인' 이란 단어를 붙여주긴 좀 애매해서 말이죠. 아버지께서는 누나를 가리켜 그냥 '성형인' 이라고 하십니다.

 : '이기적인 몸매' '착한 몸매' 에 이어 새로운 신종어가 탄생했네요.

 : '아버지가 미안해하는 외모' … 슬프다.

붕어빵이 아니네~

 ★ 부모님의 인내심은 치약과 같습니다.
마지막 한 방울까지 쥐어짜서 쓴다 해도 언제나 조금씩 남아 있으니까요.

골프장에서 생긴 일

글쓴이 최원민(kazoo6666)

  제 여자친구 중에 얼굴이 굉장히 예쁜 애가 하나 있는데요, 그 친구는 골프장에서 캐디로 일을 하고 있답니다.

  2년 전 어느 날, 친구가 일하는 골프장에 고위층 손님들이 예약을 하셨대요.

  그 손님들은 바로 전두환 전 대통령과 사회적으로 이름이 꽤 알려지신 분들이었습니다. 이처럼 거물급 손님들이 예약을 하자 골프장에서는 대책회의가 열렸고, 그분들을 모실 캐디를 선발하던 중 얼굴이 예쁜 제 친구가 전두환 전 대통령의 캐디로 뽑혔습니다.

  골프장 사장님이 제 친구를 불러 말씀하셨답니다.

  "전두환 전 대통령을 부를 땐 '각하' 라고 하게. 괜히 사장님, 회장님 이렇게 부르지 말고~!"

  다음날 예약한 시간에 맞춰 그 문제의 손님들이 오셨고 제 친구는 최선을 다해서 캐디의 임무를 수행했답니다. 그러던 중 전 대통령이 제 친구에게 "자네 점심은 먹었나?" 하고 물으시더랍니다. 갑작스런 질문에 제 친구는 당황한 나머지 이렇게 대답했다고 합니다.

  "네, 전하~"

: 나이스 샷~!

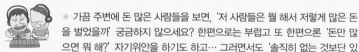

★ 가끔 주변에 돈 많은 사람들을 보면, '저 사람들은 뭘 해서 저렇게 많은 돈을 벌었을까' 궁금하지 않으세요? 한편으로는 부럽고 또 한편으론 '돈만 많으면 뭐 해?' 자기위안을 하기도 하고… 그러면서도 '솔직히 없는 것보단 있는 게 낫다' 싶죠. 그런데 어떤 동물학자가 쓴 책을 보니까, '부자는 애초부터 평범한 사람들과는 완전히 다른 종의 동물이다' 라고 정의했더군요. 사람하고 침팬지의 DNA는 98% 이상 똑같다고 하잖아요. 그 2% 차이 때문에 완전히 다른 삶을 살아가지요. 부자도 일반인들과 유전자 구조는 같지만, 행동과 사고방식에서 어마어마한 차이를 가진 문화적 아종이기에 '호모 사피엔스 페쿠니오수스' 라고 정의한 거죠. 그러고 보면 세상엔 타고나지 않은 게 하나도 없는 것 같아요. 생긴 대로, 타고난 대로 산다는 거 좀 억울하긴 하지만, 반대로 생각하면 모든 게 다 내 탓은 아닌 거니까 마음은 좀 편해지지 않습니까? 있는 대로 살아야죠, 뭐.

나의 반합 사건

96년 논산훈련소에서 있었던 일입니다.

9시 반 일석점호가 시작되면서 갑자기 배가 아파왔습니다.

속은 부글부글 끓고 얼굴에는 식은땀이 흐르고 온 신경은 괄약근으로 모여 있었습니다. 원래 50분에 점호를 마무리하고 화장실에 가는데 50분이 지나도 점호를 마치지 않는 것입니다. 얘기는 길어지고 52분… 53분… 거의 눈물이 나올 지경이었습니다.

있는 힘껏 용을 쓰고 있었지만 더 이상은 참을 수가 없었습니다.

찔끔 힘을 빼는 순간 왠지 모를 편안함이 들었습니다.

57분에 점호가 끝났고 얼른 화장실에서 팬티를 갈아입고 왔지만 오염된 팬티는 처리할 수가 없어 내무실로 갖고 돌아왔습니다.

이걸 어떻게 처리할까 하다가 훈련소 들어와서 한 번도 안 썼던 반합 안에 넣어놨습니다. 안심하고 자려고 하는데 조교가 내무실로 들어와서 이렇게 말하는 겁니다.

"내일은 각개전투가 있기 때문에 완전군장에 반합을 가져간다. 내일은 반합에 밥을 먹는다."

전 고민에 빠졌습니다. 이대로 저 반합을 두고 잠을 잘 수가 없었습니다. 잠은 안 오고 새벽 2시쯤 불침번이 없는 틈을 타 제 옆 전우의 반합과 바꿨습니다.

이윽고 다음날 훈련 중 중식시간, 각자 점심을 먹기 위해 반합을 꺼냈습니다.

제가 꺼낸 옆자리 전우의 깨끗한 반합을 보니 그 전우에게 더욱 미안한 마음이 들었습니다. 그런데 그 순간 점심 배식을 하던 조교가 한마디 했습니다.

"야 반합 모아와! 한 번에 배식해~"

 ★ ♪♬♪운명의 시간이 찾아왔다. 너 먼저 골라봐라. 나만 아니면 된다. 인생은 한방이다. 복불복~   - 1박 2일 송

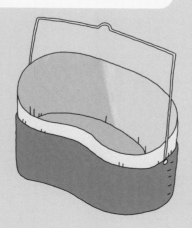

분만실에서

글쓴이 김인철(qhfkano1)

어수룩하다고 말하긴 뭐하고 그냥 센스가 없다는 정도로 표현을 하면 얼추 맞을 듯한 제 친구의 이야깁니다.

둘째를 보기 위해 분만실에서 아내의 손을 꼭 잡고 있었답니다.

고통을 참지 못 해 소리를 지르는 아내를 위해 따뜻한 말 한마디 건네지 못 하고 멀뚱히 서 있을 때였습니다.

분만실은 아내의 고함소리로 쩌렁쩌렁 울릴 정도였습니다. 급기야 간호사가 친구한테 다가와 귀에 대고 말을 하더랍니다.

"산모한테 너무 고함을 지르시면 산모와 아기 모두에게 안 좋을 수 있으니, 힘드시더라도 조금만 참아달라고 말씀 좀 해주세요."

이 말을 들은 친구, 고개를 끄덕이곤 고통을 참지 못 해 소리를 질러대는 아내의 귀에 대고 이렇게 말했다고 합니다.

"조용히 좀 하래."

그날 친구는 아내 입에서 쌍욕이 나오는 거 처음 봤다고 합니다.

"그럼 니가 애 낳아봐~ 이 XX야. 저런 XX 같은 걸 남편이라고 내가… 이 XX~"

: 이런 경우를 두고 뭐라고 하죠, 선생님?

 : 생뚱맞죠?

 ★ 분위기 파악 안 될 땐 가만히 있는 게 도와주는 겁니다.

교장 선생님의 굴욕

제가 고3때였죠.

남녀공학이던 저희 학교는 말썽을 피우는 남자애들 때문에 조용할 날이 없었어요.

그러던 어느 날 한 남자아이가 복도 창가 쪽에 앉아 수업 중에 몰래 만화책을 보고 있었죠.

그런데 두둥~ 복도를 순찰하시던 교장 선생님이 그걸 보신 거예요. 당연히 교장 선생님은 만화책을 압수하기 위해 창문으로 손을 내미셨는데, 그 반에서 수업 중이던 학생주임 선생님이 그걸 보시고는 돌이킬 수 없는 말을 내뱉고 말았습니다.

"수업시간에 누구야! 저런 @#@$#! 저거 손모가지를 잘라버릴라!"

당시 교장 선생님께선 키가 160센티미터인 관계로 얼굴은 보이지 않고 손만 보였던 거예요.

그런 소릴 들으신 교장 선생님은 아무 말씀도 없이 조용히 사라지셨고, 아이들에게 교장 선생님이었다고 애길 들으신 주임 선생님은 수업 중간 중간마다 허공을 보시며 '괜찮아 괜찮아' 스스로 위로하더니 힘없이 나가셨다는 슬픈 얘기~

 : 역시 남자의 포스는 기럭지에서 나옵니다.

일단 짧으면 기가 죽어~

 : 십 십 십자로 끝나는 말은

멤버십 인턴십 스킨십 조명십 나는 140~♪

키 키 키키 컸 컸컸컸컸 키컸으면 키컸으면 키컸으면~♬

 ★ 인생이란 보트를 타고 노를 저어 뒤로 나아가는 것과 같다고 하죠. 노를 젓고 있는 동안은 뒤를 돌아볼 수 없잖아요. '저기까지 가야지' 정해두고 열심히 노를 저었는데 엉뚱한 데로 가 있기도 하구요, 팔이 아파서 잠깐 쉬다 보면 뜻하지 않은 곳으로 흘러가기도 하구요. 그러다 사고라도 안 나면 다행이지요. 그래서 같이 탈 사람을 그렇게 찾는가봐요. 지금 내가 잘 가고 있는지 아닌지… 나 대신 보고 말해줄 사람을 말이죠.

왕소심쟁이 우리 아빠

글쓴이 김희영(raun20)

우리 아빠는 전형적인 A형으로 평소 잘 삐치고 소심하십니다. 오히려 엄마가 대범하십니다. 아빠는 엄마한테 질질 끌려다니고 혼도 많이 나셨어요. 엉뚱하시고… 좋게 말하면 상당히 귀여우신 분이죠.

제가 초등학교 다닐 때 일입니다.

하루는 학교를 마치고 집에 왔는데 엄마랑 아빠랑 크게 싸우는 소리가 들렸습니다. 싸움은 그날 저녁까지 이어졌고, 어린 맘에 신경 쓰지 않으려 노력했지만 어째 싸움 내용이 심상치가 않았습니다. 얼핏 듣기에 엄마 하시는 소리,

"이 집이랑 살림 내가 샀으니까 다 내 거야!"

그러자 아빠 그 와중에 하신다는 말씀이,

"그럼 저 TV는 내 거야!" 당시 TV를 좋은 걸 하나 샀거든요.

그 말에 엄마 콧방귀를 뀌시며 "흥! 그래 ~ 그거 당신 가지라고~ 대신 나머지 는 만지지도 말라고~" 하시더라구요. 그렇게 그날 싸움은 일단락되나 했습니다.

그런데 다음날 학교를 갔다 집에 왔더니 허걱! 집에 TV가 없어진 게 아니겠어요? 엄마한테 어찌 된 일이냐고 물었더니 엄마가 어이없다는 표정으로,

"네 아빠가 TV 들고 가출했다!"

우리 아빠 TV 들고 무려 닷새나 가출을 하셨습니다. 맘의 상처가 크셨나봐요. 그 전에도 하루 정도는 아빠에게 탈출구가 필요하리라 싶었는데 그처럼 장기간은 예상 밖이라 저도 당황스럽더라구요. 그렇게 날이 길어지다 보니 엄마도 걱정이 됐는지 저보고 아빠 모셔오라고 하셨습니다.

그래서 제가 "어디 계시는데?" 하니까 엄마 어떻게 아셨는지 "니 아빠 XXX목욕탕(여관)에 계신다. 니가 가서 모셔와. 이번에 안 들어오면 집에 아주 들어오지 말라고 해!"

그렇습니다. 아빠는 그 무거운 TV를 들고 어디 멀리 가시지도 못 하고, 고작 집 앞 백미터 거리의 여관에 계셨던 겁니다. 그곳은 저희 가족 단골 목욕탕집이기도 했죠. 심지어 아빠 출퇴근길에 엄마와 마주치기도 하셨다는군요.

우리 아빠 제가 가니 방에 덩그러니 TV 하나 놓아두시고 컵라면을

후루룩~~ ㅠㅠ

어린 마음에 어찌나 가슴이 아프던지요.

"아빠, 이왕 갈 거면 멀리 좀 가지. 집 앞에서 이게 뭐야?" 하니

아빠는 "갈 데가 없어. 니들도 보고 싶고… 훌쩍~" 하시는 겁니다.

저 아빠랑 부둥켜안고 울었습니다. 그렇게 한참을 울고 나서 아빠는 그간 고생스러우셨는지 "정말 안 들어가려고 했는데, 니가 이렇게 왔으니 들어가야겠지? 어서 가자" 하며 기다렸다는 듯이 저와 함께 집으로 돌아오셨습니다.

그 뒤로 엄마는 걸핏하면 "TV 들고 다시 나가지?" 하며 아빠를 약 올리는 데 재미 들리셨지 뭡니까. 한동안 우리 아빠 곤욕 좀 치르셨습니다.

 : 부부가 싸우고 나가면 갈 데가 없다더니 남자도 마찬가지인가봐요.

 : 게다가 TV까지 들고 나가면 진짜 갈 데가 없죠. ㅡㅡ;

 ★ 정말 강한 사람은 이를 악물고 세상을 이기는 사람이 아니라, 세상과 상관없이 어떤 경우에도 행복한 사람이라고 하잖아요. 나를 울린 사람들한테 유일하게 복수하는 방법은 그 사람들보다 즐겁게 사는 겁니다.

어느 세월에 기다리냐

글쓴이 **이춘애**(jj272727)

우리 엄마는 성격이 무지 급하시답니다.

어느 날 신랑과 애들을 데리고 친정에 들러 외식을 하기로 했어요. 신랑이 회를 먹으러 가자고 했더니 저희 엄마 손사래를 치십니다.

"아이고, 회는 무슨~ 반찬만 들입다 나오고 회 나올 때까지 언제 기다려? 난 그냥 칼국수나 한 그릇 먹을란다."

어른이 싫다고 하시니 하는 수 없이 칼국수집으로 향했죠. 그런데 워낙 유명한 칼국수집이라 사람이 너무 많더라구요. 번호표를 받고 한참을 기다리고 있었습니다. 그런데 어느 순간부터 엄마가 안 보이시는 거예요. 어딜 가셨나 식당 안팎을 돌며 찾아보니 글쎄, 엄마는 남의 테이블 빈 자리에 끼어 앉아서 벌써 칼국수를 드시고 계신 겁니다. 그러면서 하시는 말씀,

"야, 언제 기다리냐? 여기 한 자리는 기다리지 않아도 된단다. 나 다 먹었으니까 언능 너 먹고, 그 다음 김서방 먹어라~" 이러고는 국물을 후루룩 먹고 일어나시는 거예요.

결국 저희는 가족끼리 외식 나와서 따로따로 칼국수를 먹고 나와야만 했습니다. 모처럼 마련한 자리인데 그렇게 먹고 그냥 들어가기가 아쉬워서 이번엔 다같이 노래방을 갔습니다.

너! 노래를
1분 안에 끝낸다.
실시!

신랑이 먼저 "젖은 손이 애처로워 살며시~" 하며 분위기 잡는데 갑자기 템포가 빨라지는 겁니다. "(빠르게)잡아본 순간~" 노래를 하던 신랑이 당황해하며 무슨 일인가 봤더니 성격 급하신 우리 엄마, "김 서방~ 그 노래 그렇게 부르다 오늘 날 새겠네. 그래서 내가 템포 좀 빠르게 했어. 아싸~ 아싸~ 어때? 괜찮지?"

우리 신랑 안 그래도 엄청 느린 사람인데 그날 노래방에서 박자 따라가느라 땀깨나 흘렸습니다.

노래방을 나와선 맥주나 한잔 하자고 해서 호프집으로 들어갔죠.

500cc 세 잔을 시켜 마시기 시작했는데 역시나 성격 급하신 엄마, 잔을 들더니 벌컥벌컥 눈이 빨개지도록 마시는 거예요. 그러고는 입을 쓰으 닦으며 하시는 한마디,

"아이고~ 어찌나 목이 타던지… 그럼 둘이 먹고 와. 나 먼저 갈게."

그러고는 정말 애들 데리고 먼저 가버리셨답니다.

우리 엄마 대단하시죠?

여기서 보너스! 잠도 머리만 닿으면 바로 주무신답니다.^^

 : 어머니들 전화 하시면 무조건 용건부터 말씀하시잖아요.

그리고 하실 말씀 다 하시면 그냥 뚝 끊어버리죠.

 : 이런 식이죠. 따르르릉~

"여보세…"

"(앞뒤 생략)너 그때 갔던 데가 어디지?"

"어디요?"

"(다짜고짜) 너 그때 갔던 데~ 왜, 있잖아."

"그때 언제? 어디 갔던 얘기를 하는 건지 설명을 해야 알지."

"(혼잣말)아~ 맞다, 거기지? 생각났다."

"뭐가 생각났다는 거야? 어딘데?"

(뚝!)

"엄마! 어머니! 유매자 씨!"

(뚜뚜뚜뚜뚜)

 ★ 최인호의 소설 제목이 생각나네요. 〈어머니는 죽지 않는다〉

우리 딸은
아빠가 지킨다

글쓴이 박준성(sktprrlgo)

저희 아버지께서 항상 입버릇처럼 하시는 말씀이 있어요.

하나는 "원칙대로 해라!" 또 하나는 "밤늦게 다녀서 득 될 게 없다!"

불과 몇 년 전만 하더라도 우리집 취침시간은 9시였습니다. 9시가 되면 모든 불이 꺼지고 TV도 꺼졌습니다. 그 전까지 집에 들어와 있어야 하는 건 물론이구요.

해 떨어지고 누가 전화를 걸거나 받으면 불호령이 떨어졌습니다.

그런 상황이니 올해 서른셋인 우리 누나, 33년 동안 제대로 된 연애 한 번을 못 해봤습니다.

몇 번 이루어질 법한 사람이 있었지만 아버지의 반대로 결실을 맺지 못 했습니다.

남자1

아버지ㅣ 뭐하는 애냐?

누나ㅣ 병원 방사선과에서…

아버지ㅣ 안 돼.

누나ㅣ 왜요?

아버지ㅣ 빨리 죽어서 안 돼.

#남자 2

아버지ㅣ 뭐하는 애냐?

누나ㅣ 증권사 펀드 매니저예요.

아버지ㅣ 그게 뭐하는 건데? 쉽게 설명해봐.

누나ㅣ (열심히 설명)

아버지ㅣ 그러니까 그게 사람 모아서 남의 돈 가져다가 지가 주식 사가지고 돈 불려주는 거지?

누나ㅣ 네.

아버지ㅣ 안 돼! 자신감도 없는 놈! 그렇게 자신 있음 지가 하지, 왜 남의 돈 가지고 해? 안 돼! 그리고 주식하는 놈은 안 돼!

#남자 3

아버지ㅣ 뭐하는 애냐?

누나ㅣ 그냥 조그만 회사 다녀요. 성실하고 팬찮은 사람이에요.

아버지ㅣ 걔도 주식 같은 거 하냐?

누나ㅣ 안 해요.

아버지ㅣ 군대는 갔다왔냐?

누나 │ 동 사무소…

아버지 │ 안 돼.

항상 뭔가 하나 걸려서 인연이 빗나가더군요.
작년에도 그랬어요.
아는 분을 통해서 들어온 맞선자리가 있었고
가족들 모두 기대하고 있었죠.
원래 주말 점심 때 만나기로 했는데
남자가 일이 생겨서 시간을
저녁 7시로 옮겼답니다.
약속이 미뤄진 걸 듣고
아버지께서 말씀하셨어요.

아버지 | 밤늦게 만나자는 거 보니까 제대로 된 놈은 아닌 거 같다.

그러고는 밖에 나가셨는데 거의 30분 간격으로 집에 전화를 걸어서 누나의 현재 상황을 물어보시더군요.

아버지 | 누나 연락 왔냐?
나 | 아니요.
뚝.

30분 후
아버지 | 누나 연락 왔냐?
나 | 아니요.
아버지 | 전화는 하지 말고 어떤가 문자 하나 보내봐.
나 | 네.
뚝.

다시 30분 후

아버지 | 문자 보내봤냐.

나 | 네, 대답이 없는데요.

아버지 | (한참 생각하시더니) 음… 요즘 세상이 좀 험하냐. 10시까지 대답
없으면 경찰에 신고부터 해라.

우리 누나… 언제쯤 시집 갈 수 있을까요?

 : 9시에 취침하는 아버님 직업이 궁금합니다.

 : 제가 장담하는데요, 9시 뉴스 앵커는 절대 아닙니다.

 ★ 부모님이 자식의 결혼에 더 신중해지는 이유는, 우리에게 결혼이란 반쪽을
얻는 것이지만 부모님은 모든 것을 떠나보내야 하기 때문입니다.

외국인과 벙어리

글쓴이 **한상일**(han98970)

제 후배가 제대하고 처음 취직한 곳은 어느 공장 생산라인이었습니다. 첫 출근한 날, 사무실 직원이 공장으로 데려가더니 현장 반장에게 "신입사원이니깐 잘~ 알려주세요" 하고는 그냥 가더라는 거예요. 서로 소개도 없이 인사도 그냥 눈짓으로만 나누고 어색하게 반장을 따라다니며 일을 배우기 시작했는데, 첫날이니 당연히 어리바리했겠죠.

그러자 반장은 아무 말도 없이 손짓으로만 일을 알려주더라는 겁니다. 계속 "어… 어… 어 어 어 어" 하면서….

그래서 이 후배는 '아! 이분이 말을 못 하시는구나' 하면서 같이 '어 어 어 어어어…' 하고 맞장구를 쳤대요. 그렇게 몇 시간 계속 일을 배우다 보니 어느새 점심시간이 됐답니다.

그러자 계속 "어… 어… 어 어 어 어" 하면서 일을 가르쳐주던 반장이 벌떡 일어나더니 공장 사람들을 향해 "밥 먹고 합시다" 하더라는 겁니다.

후배가 깜짝 놀라서 "어! 말할 줄 아시네요?" 하니깐 반장도 깜짝 놀라서 하는 말,

"어! 외국인 아니었어요?"

둘은 그 상황이 너무 웃겨서 한참을 웃었답니다.

: 후배가 무척 동남아스럽게 생기셨나봐요.

 : 문득 봉진근과 깐따르가 생각나네요.

(봉진근과 깐따르를 안다면 당신은 컬투쇼 마니아!)

 ★ 백 마디 말보다 더 강한 표현이 보디랭귀지입니다. 말로는 아니라고 하면서 표정이나 몸짓으로 절대 속일 수 없는 게 사람이니까요. 보디랭귀지로 상대의 마음을 여는 'SOFTEN' 기법이란 게 있대요.

Smile	상대를 보면서 환한 미소를 짓고
Open Posture	팔짱을 끼지 않고 가슴을 펴고 양팔을 벌려
Forward Lean	상대를 향해 살짝 몸을 기울인 채로
Touch	두 손 모아 상대의 손을 잡아주거나 어깨를 토닥토닥 두드려주며
Eye Contact	가볍게 눈을 맞추고
Nod	이해하고 있다는 뜻으로 고개를 끄덕여주는 거죠

그럴싸한 말보다 진심어린 몸짓이 사람과 사람을 더 가깝게 해줍니다.

골 때리는
우리집 닭들

글쓴이 **이희주**(jomusa)

우리집 닭은 8마리예요. 다처제에 입각해서 장닭 한 마리와 암탉 일곱 마리가 있죠.

암탉들이 알을 잘 낳을 때가 있었어요. 일곱 마리 모두 알을 낳았죠.

그런데 얼마 전부터 빼질거리면서 알을 잘 안 낳는 거예요. 그래서 하루는 아빠가 횃대에 앉아 있는 닭들을 하나하나 가리키며 소리를 질렀대요.

"너!너!너!너!너!너!너! 내일부터 알 안 낳으면 몽땅 잡아먹는다! 명심해.--+"

그랬는데 다음날 아빠가 입이 귀에 걸려서 그러시더라구요.

"야 희주야, 오늘 알 여섯 개 낳았다."

그리고 며칠 후 또 두세 마리가 빼질거리기에 아빠가 닭장에 들어가서 닭목을 턱 잡고 "마지막 기회다. 내일 너희들의 정성을 보겠어. 알을 안 낳으면 어떻게 되는지 알지?--+"하고 협박하셨대요.

 : 아버님의 양계법이 참 독창적이시네요.

 : 한때 학교 앞에서 껌 좀 씹으셨나봐요?

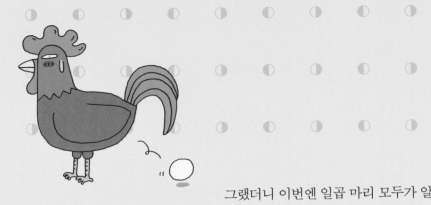

그랬더니 이번엔 일곱 마리 모두가 알을 낳았지 뭡니까. 엄마는 유정란이 좋은 거라면서 열심히 챙겨먹고, 아빠는 은근히 협박에 재미 붙이신 것 같고… 그런데 이럴 수가!

우리집 수탉이 일을 저질렀어요. 엊그제 수탉이 알을 낳았지 뭡니까! 메추리알만 해요. 10,000마리 중에 하나꼴로 낳는 경우가 있다는데 깨어보면 노른자가 없다고 하더라고요.

그래서 아빠가 "좋다! 깨보자!" 하고 깨뜨렸더니 진짜 없네요.

그래서 아저씨들하고 내기에 이겨서 귤 세 박스 가져왔어요. 여섯 개에 3만원 한다는 그 귀한 한라봉과 함께요.^^

 : 혹시 그 집 수탉 커밍아웃 한 거 아닐까요?

 : 그동안 수탉을 가장해 살아온 '수탉의 탈을 쓴 암탉'일 겁니다.

 ★ 사람에겐 보고, 듣고, 맛보고, 냄새 맡고, 만져서 느끼는 오감이 있죠. 그리고 감각기관에 의하지 않고 직관적으로, 동물적인 감각으로 깨닫는 것을 육감이라고 합니다. 보통 육감으로 알아낸다고 할 땐 뭔가 일이 잘못돼가고 있을 때가 많지요. 그런데 불행을 감지할 수 있는 육감 외에 또 다른 감각이 있어요. 바로 칠감입니다. 그건 본능적으로 기쁨을 느끼고 즐거움을 추구하려는 감각이라고 해요. 태어나면서부터 아기는 자기 손가락을 갖고 논다고 하잖아요. 놀이를 하고, 취미를 갖고, 사람들과 어울리면서 즐거워지고 싶어하는 것도 타고난 칠감인 거죠. 유난히 다른 사람보다 더 재밌는 발상을 해내는 사람들은 칠감이 발달한 사람들이겠지요. 자주 웃고, 화를 참지 않고, 장점을 발견해내고, 어떻게든 세상을 좋게 만들려고 노력하는 것! 그게 칠감을 키울 수 있는 방법이라고 합니다. 모두를 행복하게 하는 제7감, 오늘 한번 발휘해보시죠.

물탱크 테러사건

글쓴이 신봉균(boo88)

중국에서 유학 중일 때 일입니다.

친구들과 기숙사 옥상에 올라가서 놀고 있는데 커다란 물탱크 하나가 눈에 띄더라구요. 물탱크를 멍하니 바라보자니 좀 엉뚱한 장면이 떠올랐습니다.

일본 애니메이션에서 본 장면인데, 주인공이 학교 물탱크에 보리차를 넣었더니 학교 수도꼭지에서 보리차가 나왔던 겁니다.

저희는 심심하던 차에 '바로 그거야!' 하고는 다음날 대형마트에 가서 일명 '탱가루'를 포대로 샀습니다. 물에 타면 주스 같은 맛이 나는 가루죠. 아시다시피 중국은 물가가 싸잖아요. 저희는 탱가루를 쌀 포대로 무려 다섯 개를 사서 기숙사로 돌아왔습니다.

 : 시간도 많고 돈도 많으신 분인가봐요?

: 시간도 많고 돈도 많은데 할 일은 없는 분이네요.

기숙사 사람들에게 수도꼭지를 틀면 콸콸 쏟아져 나오는 맛있는 음료수를 맛보이고 싶은 마음에 물탱크 뚜껑을 열고 탱가루를 들이부었습니다. 그리고 흡족한 마음으로 방으로 돌아와 세 시간 정도 기다린 후 물을 틀어 맛을 보니 미약하지만 음료수 맛이 났습니다.

'아 성공이다~' 저희는 기뻐하며 음료수를 받아먹으며 놀았죠. 조금 있으면 모두들 달려와 **"야~ 수도에서 음료수가 나오다니, 너무 신기해~"**라고 말해줄 거라 기대했습니다.

시간은 흘러흘러 저녁 8시, 기숙사 여기저기서 비명소리가 울려퍼졌습니다.

'왜 그러지?' 하며 샤워를 하러 들어간 저는 주저앉아버렸습니다. 샤워기에서 따뜻한 음료수가 콸콸 쏟아지고 있었습니다.

저희는 먹을 물만 생각하고 씻는 물은 미처 생각 못 한 거죠.

결국 그날, 기숙사 사람들 150여 명이 냉장고에 있던 생수로 세면을 하고 수돗물은 받아서 먹는 해프닝이 벌어졌습니다. 그리고 다음날 학생회 간부들이 모여서 범인을 찾아내려고 회의를 하였고, 황당하게도 학생회 임원인 제가 사람들 방을 돌아다니며 조사하기로 결론내렸습니다.

물론 범인은 아직까지도 밝혀지지 않았습니다.^^;

 : 샤워기까지는 용서가 되는데, 변기는 어쩔 거야?

 : 변기까지도 봐주겠는데, 비데는 어쩔 거야?

 ★ 그래서 우린 예상 밖으로 매우 대단하고 놀라운 결과를 보았을 때 이렇게 말합니다. "장난 아닌데?"

계세요? 네~

글쓴이 이상현(iddaa18)

이 사연은 제 직장동료가 겪은 실화입니다.

저희는 A/S쪽 일을 하기 때문에 고객의 집을 방문하는 일이 많습니다. 하루는 동료가 어느 시골집에 고장 수리차 방문했습니다.

밖에서 문을 두드리고 "계세요?" 하니까 안에서 "네~" 하는 소리가 들리더랍니다.

그래서 "고장 수리하러 왔는데요" 하고 기다렸죠.

그런데 한참 동안 대문이 열리지 않고 아무 소리도 안 나더랍니다.

다시 대문을 두드리며 "계세요~?" 하니 다시 안에선 "네~" 하고는 더 이상 인기척이 없더랍니다.

그래서 속으로 '장난치나? 아니면 무슨 사연이 있나?' 하며 담 너머로 집 안을 보면서 "계세요~?" 했지요. 그러자 안에서 헛간에 묶여 있던 염소가 "메~" 하고 울더랍니다.

그 집 안에 염소밖에 없었던 겁니다.

 : 예의를 중시하는 유교집안에서는 빈 집을 지킬 때 개보다 염소가 낫겠네요.

 : 공손하니까요~

★ 문득 움베르토 에코의 책 《세상의 바보들에게 웃으면서 화내는 방법》에 나왔던 이 얘기가 생각나네요. "어떻게 지내십니까?" 하고 물었을 때 사람마다 각각 대답하는 방법이 다르대요. 살아온 방식과 몰두하고 있는 일과 가치관에 따라서 말이죠. 이렇게요.

피타고라스: 만사가 직각처럼 반듯합니다.
소크라테스: 모르겠소.
플라톤: 이상적으로 지냅니다.
노스트라다무스: 언제 말입니까?
파스칼: 늘 생각이 많습니다.
갈릴레이: 잘 돌아갑니다.
비발디: 계절에 따라 다르지요.
뉴튼: 제때 맞아떨어지는 질문을 하시는군요.
셰익스피어: 당신 마음대로 생각하세요.
사드: 좆나게 잘 지냅니다.
드라큘라: 피 봤습니다.
프로이트: 당신은요?
아인슈타인: 상대적으로 잘 지냅니다.
버지니아 울프: 내일은 날씨가 좋기를 바라요.
엘리엇: 내 마음은 황무지입니다.
만약 여러분이라면 어떤 대답을 하시겠어요?

영어가 너무해

글쓴이 **이호재**(gywo20)

우리 엄마는 흔히 쓰는 영어단어를 줄여서 말씀하시거나 아예 이상한 단어로 만들어버리십니다.

아마 나이 드신 어머니가 계신 분들은 어느 정도 이해하실 겁니다.

하루는 엄마가 그러시는 겁니다.

엄마 | 오늘 동 사무소에 가서 에로비 신청했어.

나 | 뭐? 에로비? 에로비가 뭐야?

엄마 | 에로비 있잖아, 왜 엄마들이 이렇게 이렇게 하는 거…

나 | 아~ 에어로빅?

엄마 | 응, 그거…

전 한참 웃었어요. 또 어느 날은

엄마 | 엄마가 오늘 니꺼 드링킹 했어.

나 | 뭐? 드링킹? 뭐 내꺼 뭐 마셨다고?

엄마 | 아니, 니 옷 드링킹~

나 | 아~ 드라이클리닝?

엄마 | 그래, 그 드라이킹.

이뿐만이 아니었어요.
집에 들어갔더니 엄마가 저를 부르며 하시는 말씀,

엄마 | 아빠가 내비개 샀어.
나 | 내비개? 엄마 베개 샀어?
엄마 | 아니! 베개가 아니라, 차에다가 달아놓고 오른쪽 왼쪽 알려주는 거
　　　있잖아.
나 | 내비게이션?
엄마 | 어 그래, 내비게 그거.

정말 어쩜 이렇게 완전 다른 단어로 만들어버리시는지…^^
우리 엄마 참 귀여우시죠?

 : 엄마들은 특히 영어에 약하죠.
'아인슈타인 우유'를 '프랑켄슈타인 우유'로 만드시고,
'시베리안 허스키'를 '시베리안 개스키'로 만드시는 우리 어머니.

 : 그럴 때마다 어머니는 그러시죠.
"나도 영어 좀 배워야겠다, 원·주·민· 선생님한테."

 ★ 아름답게 남아 있으려면 거울을 보지 말고 사랑하는 사람의 눈에 비치는 자기 모습을 보세요.

꼬마 겨털 마니아

글쓴이 **문성희**(plimsh)

제 조카는 올해 네 살입니다. 한창 말을 배우는 시기라 하루 종일 쫑
알쫑알… 여느 아이들처럼 한없이 순수하고 이쁘기만 합니다.

그런데 조카에게는 참으로 특이한 버릇이 있습니다.

툭 하면 형부의 한쪽 팔을 드러내놓고 팔베개를 해달라고 조릅니다.
그러곤 팔베개를 하고 누워 토끼인형을 들고 형부의 겨털과 놉니다.

"토끼야, 여긴 까만 풀이 많은 산이야. 어서 먹어. 냠냠 쩝쩝 맛있
지?"

이러면서 한 시간은 거뜬하게 노는 동안 형부는 녹초가 됩니다.

형부 | 은유야, 방바닥이 너무 뜨거워서 그러는데, 우리 내일 놀까? 어휴
더워. 이제 아빠 일어날게. ㅡㅡ;;

조카 | 안 돼! 지금 우리 토끼 밥 먹고 있단 말이야!

조카는 형부의 고통쯤은 아랑곳하지 않고, 형부의 겨드랑이를 집요
하게 파고듭니다. 그러다 겨드랑이에서 땀이라도 나면 조카는,

"토끼야, 이제 배불러? 그럼 이제 우리 물 먹자. 꿀꺽꿀꺽～"

이러면서 가엾은 토끼 입으로 겨털에 난 땀을 닦았습니다.

형부가 조카의 남다른 행각에 대해 주변 사람들의 조언을 구했고, 사람들은 털을 깎아보라고 했습니다. 형부는 눈물을 머금고 겨털을 깎았죠.

　그 다음날도 어김없이, 조카는 토끼인형을 안고 형부의 겨드랑이를 만나러 왔습니다.

　그런데 털이 없자 한참을 갸우뚱하더니,

　"토끼야, 니가 풀을 많이 먹어서 없어졌네? 슬퍼? 괜찮아, 언니가 다시 풀 만들어줄게. 우리 맛있게 밥 먹자.^^"

　이러면서 검은색 사인펜을 들고 와 허전한 겨드랑이를 빽빽이 채웠습니다. 사인펜을 어찌나 세게 문질러대던지 깎은 지 하루도 안 된 우리 형부는 결국 눈물을 보였습니다.

　조카의 겨털 무한사랑에 언니 가족들은 두손 두발 다 들었습니다. '언젠간 그만하겠지' 이런 심정으로 지켜만 볼 밖에요.

: 토끼가 사실 풀보다는 당근을 좋아하는데요.

 : 쉿! 조카 앞에서 그런 말은 꺼내지도 마세요. 더 끔찍한 일이 벌어
질지 모릅니다. --;

 ★ 둘째가 아직 어려 돌보기 힘들었던 아이 엄마가 하루는 너무 지쳐 큰애한
테 푸념하듯 그랬대요. "아~ 아기 보는 거 너무 힘들다." 그랬더니 큰애가 엄
마를 보고 그러더래요. "엄마, 그럼 내가 놀아줄게." 엄마는 그 말을 듣고 문득
깨달았대요. '나는 그 동안 아기를 봐준다고 생각했는데 아이는 같이 논다고 생각하는구나.'
똑같은 일도 대하는 마음가짐에 따라 쓰이는 에너지가 다릅니다. 힘에 부친다고 생각했던
일이 있다면 마음을 먼저 돌아보세요.

돼지수송대작전

글쓴이 **차수현**(xiles0330)

그러니까 때는 2004년 3월 온 나라에 폭설이 쏟아진 후의 어느 날이었어요.

 : 기억납니다. 2004년 3월 5일 경칩날. 100년만의 폭설이었죠?

 : 경부 고속도로에서 30시간씩 고립되고 했던 그해죠. 생각난다.

간신히 도로 사정이 나아져 버스가 다니기 시작할 무렵이었습니다. 평소에도 늦게 오는 시내버스지만 눈이 와서 그런지 배차 간격이 너무나 길더군요.

사거리에는 차량은 거의 없었고, 버스 정류장에는 엄청나게 많은 사람이 기다리고 있었지요. 그때 마침 돼지를 실은 트럭이 지나가다 길이 미끄러워서 그만 전복해버린 거예요.

돼지 열두 마리가 사거리에 투하되었죠. 사거리 중앙에서 풀려난 돼지들은 제 살길을 찾으러 사방으로 날뛰었어요.

순간 트럭 아저씨의 다급한 음성이 들렸어요.

"돼지들 좀 잡아줘요!"

트럭 아저씨가 절규에 가깝게 구조 요청을 하자, 정류장에서 버스를 기다리던 사람들 중 한 분이 손을 맞잡고 돼지를 몰자고 제안하셨지요. 이내 각 사거리에서 손에 손을 잡고 돼지몰이가 시작되었죠. 돼지와 인간의 대치 끝에 돼지들을 한 곳에 몰아두는 데는 성공했습니다.

또 차량 아저씨와 장정 여럿이 힘을 합해 넘어진 트럭을 다시 세워 놓았습니다. 남은 과제는 돼지를 태우는 것인데 태울 도구가 마땅히 없었습니다.

돼지를 트럭 위에 올리려면 받침대 같은 게 있어야 했습니다. 급한 김에 트럭 아저씨가 어디서 대충 받침대를 구해오긴 했는데, 돼지들이 천천히 올라간다면 받침대가 무너질 것만 같았습니다. 그래서 돼지들을 뛰어올라 가게 하는 게 관건이었습니다.

그런데 어느 순간, 정말 놀랍게도 돼지가 약이라도 먹은 것처럼 미친 듯이 트럭으로 뛰어올라 가는 게 아니겠어요? 한 마리, 한 마리씩 똑같은 패턴으로 돼지가 뛰어올라 가는 게 신기했던 저는 트럭 아저씨에게 가보았습니다. 그리고 정말 놀라운 장면을 보고 말았습니다.

아저씨는 돼지를 트럭 받침대 앞에 세워놓고 엉덩이에 똥침을 놓고 계셨습니다!

똥침 맞은 돼지들은 아무 탈 없이 트럭에 올라탈 수 있었던 거죠. 마지막 한 마리까지 무사히 태우고 나자, 트럭 아저씨는 모두에게 감사하다는 말과 함께 유유히 사라졌습니다.

한바탕 돼지몰이 소동을 겪은 많은 분들은 다같이 해장국집으로 가서 즐겁게 뒤풀이를 하였답니다.

 : 위대한 집게 손가락을 가지셨네요.

 : 혹시 그분이 똥침계의 살아 있는 전설 김말뚝 옹이 아니실까요?

 ★ 때론 너의 인생에서 엉뚱한 친절과 정신 나간 선행을 실천하라.
－잭 캔필드 《마음을 열어주는 101가지 이야기》 중에서

난 짱깨가 싫어요

글쓴이 유동현(jesusgo)

저는 고집도 세고 누구한테 지는 걸 무척 싫어합니다.

제가 20살 때, 대학 학비 마련을 위하여 배달 알바를 한 적이 있습니다.

그날도 바쁘게 배달을 하고 있는데 한 중국집 배달원이 빠라빠라밤 요란한 소리를 내며 신호대기 중인 제 옆에 멈춰섰습니다. 둘이 눈이 마주치자 배달원이 제게 "야, 너는 어디 소속이냐?"고 물었죠. 제가 대답을 안 하고 무시하자, 저를 노려보며 "야, 내 말 씹냐?" 하더라구요. 전 기세에 눌리기 싫어 "바쁘다. 말 걸지 말아"했죠.

 : 배달업계의 라이더들이죠.

이쪽 업계에서는 이렇게 인사를 하는군요?

 : 따로 명함은 필요 없죠. 그들에겐 철가방이 있으니까요.

그때 제 귓가에 들려온 한마디,

"어라? 한식이구만. 요즘 맛도 없는 한식 누가 먹냐?"

녀석이 제가 배달하는 한식을 무시하자 갑자기 오기가 났습니다. 그래서 지기 싫어 한마디 했죠.

나 | 한식이 더 맛있거든?

배달원 | 무슨 소리야? 자장이 더 맛있지.

나 | 한식이 더 맛있어!

배달원 | 자장이라니까!

나 | 내기할래? 지나가는 사람 다섯 명한테 물어보자고. 한식이 맛있는지 짱깨가 맛있는지.

그래서 저희는 지나가는 사람을 붙잡고 묻기 시작했습니다.

"아주머니, 여기 청국장과 자장면 중 어떤 거 좋아하세요?"

아주머니는 조금 황당해하시며 제 청국장과 자장면을 번갈아 보셨습니다. 일순간 중국집 철가방 안에 있는 조금 강력한 탕수육을 바라보며 흔들리는 눈빛이 보였습니다. 저는 안 되겠다 싶어 청국장 뒤에 있던 돼지 두루치기를 아주머니 시야에 보일 수 있게 했죠. 아주머니는 두루치기를 보시더니 "음, 한식이 좀 더 낫네" 했습니다.

우리가 사람들을 더 붙잡고 설문조사를 한 결과 한식과 중식은 2대 2 동점을 이루었습니다. 마지막 결판을 두고 앞에 아들과 함께 오는 아주머니를 붙잡고 "한식과 자장 중 뭘 더 좋아하세요?" 하고 물었습니다. 그런데 아주머니가 한식을 외치려 하는 순간, 아들이 "자장면 자장면 자장면" 하며 소리치는 게 아니겠습니까.

전 그날 그 대결 이후로 자장면이 싫습니다.

 : 그날 중국집 배달원은 분명 잘렸을 겁니다.

 : 식은 청국장은 그래도 먹을 만한데, 불어터진 자장면은 못 먹거든요. You win!

 ★ 무슨 일이든 억지를 부릴 필요가 없습니다. 내가 맞으면 억지를 부리지 않아도 될 것이고, 내가 틀리면 아무리 억지를 써도 결국 잘못될 것이기 때문입니다.

떡볶이집 부킹 사건

글쓴이 방소연(bari0802)

몇 년 전 이맘때, 세 명의 친구들과 이름도 유명한 신당동 떡볶이를 먹어보고자 신당동으로 갔죠. 대학 새내기 풋풋할 때라 나름 이쁘단 소릴 듣고 살았죠.

 : 다들 그렇게 생각들을 하죠. 안 그런 사람 못 봤어요.

 : 이성을 소개시켜줄 때 "성격은 좋아" 라는 말보다 더 위험한 말이 그거죠. "나름 이뻐~"

떡볶이를 시켜 뜨거운 김을 호호 불어가면서 맛나게 먹고 있는데 갑자기 종업원이 삶은 계란 세 알을 국자에 담아 가지고 와서 주시는 겁니다.

저는 서비스인가 생각하고 그냥 받아먹으려고 하는데 친구 하나가 눈치 없이 "우리 안 시켰는데요?" 했습니다.

그러자 종업원이 살짝 웃으며 손으로 옆 테이블을 가리키며 말했습니다.

"저쪽 손님이…"

가리키는 쪽을 돌아보자, 거기 앉아 있던 남자 세 분이 일제히 손을 들고는 무언의 웃음을 흘리며 저희를 쳐다보더군요.

나이트에서 불 흔들며 안주나 양주 시켜준다는 건 들어봤어도 떡볶이집에서 달걀을 시켜준다는 얘긴 처음입니다. 저희는 얼른 고개를 파묻고 떡볶이만 얼른 먹고 나와버렸습니다.

 : 그래도 중국집에서 단무지 한 접시 보내는 것보다는 낫잖아요.

 : 그럼요. 포장마차에서 오뎅 국물 보내는 남자보단 낫죠.

 ★ 내 생각엔 그렇게 까다롭게 고르는 것 같지도 않은데 마땅한 상대가 안 나타날 때 '도대체 왜 그럴까? 나한테 무슨 문제가 있는 걸까?' 싶지요. 그럴 땐 한번 돌아보세요. 이런 말 자주 하는 사람은 늦게까지 결혼을 못 하는 법입니다. "그 남자? 아무 느낌도 없는데? 필이 안 와!" "아깝다! 다 괜찮은데…" "확실하지도 않은데 어떻게 시작을 해?" "냅둬유! 짚신도 제 짝이 있다는데…" "더 괜찮은 남자가 나타나면 어쩌지?" "남 주기는 아깝고 내가 갖기는 그렇구…" "결혼에 꼭 그렇게 목맬 필요 있어?" "나보다 한군데라도 잘난 데가 있어야지." "예쁘게 하고 나가라구? 됐어!"

어라 택시가 아니네유
글쓴이 김상권(bbongjjak00)

얼마 전 선루프가 달린 중고 자동차를 구입한 뒤, 여자친구를 데리고 외곽으로 드라이브를 한 날이었습니다.

여자친구가 말했습니다.

"나 뚜껑 열고 얼굴 내밀어보고 싶어."

선루프를 열어주었습니다. 여자친구는 차 의자에 올라가 몸뚱이 반을 바깥으로 내밀고 손을 흔들며 소리를 질러댔죠.

하지만 날이 추웠던지라 5분 만에 내려왔고, 이젠 무릎을 꿇고 얼굴만 빼꼼 내밀며

"으아, 정말 좋다. 신난다" 하며 즐거워했습니다.

한참을 달리고 있는데, 시골길 저 멀리서 노부부가 저희 차를 보며 손을 흔들고 있기에, 그 앞에 차를 세웠습니다.

그러자 할아버지께서 하시는 말씀,

"어라? 택시가 아니네유?"

마침 그날 여친이 노란 모자를 쓰고 있었거든요. 눈이 어두우신 노부부께서는 노란 모자를 쓰고 고개만 내밀고 있던 여자친구의 머리가 택시캡인 줄 아셨던 거죠.

물론 저희가 할아버지 할머니를 읍내까지 태워다드렸어요.

: 여자친구도 머리가 상당히 크신가봐요.

 : 정찬우 머리둘레 23.5인치, 김태균 머리둘레 24.3인치…
웬만한 몸짱 아줌마 허리둘레죠? 남 얘기 같지가 않아요.

 ★ "이 세상에 우연이란 없어. 우린 태어나기 전부터 서로 만나기로 약속을 했기 때문에 만나게 되는 것이지. 이것을 잊지 말게. 삶에서 만나는 중요한 사람들은 모두 영혼끼리 약속을 한 상태에서 만나게 되는 것이야. 서로에게 어떤 역할을 하기로 약속을 하고 태어나는 것이지. 모든 사람은 잠시 또는 오래 그대의 삶에 나타나 그대에게 배움을 주고, 그대를 목적으로 안내하는 안내자들이네." 류시화의 여행에세이 《지구별 여행자》에 나오는 말입니다. 이 말대로라면 오늘 내가 만나는 모든 사람들은, 내 인생에서 꼭 만나도록 되어 있던 사람들인 거예요. 상처를 주든 도움을 주든… 별 느낌 없이 스쳐간 것 같아도 다 내 삶에 어떤 영향을 주도록 되어 있는 사람들인 거죠. 그 한 사람 한 사람이 나한테 어떤 의미가 될지… 새삼 떠오르는 사람들이 있으신가요?

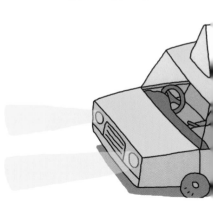

식신녀

글쓴이 **권연자**(yunji77)

친구 중에 식신이 하나 있습니다.

계란에 꽂히면 한 판 삶아서 그냥 먹다가 소금 찍어 먹다가 조금 느끼하면 김치 얹어서 다 먹어치우고, 오뎅 40장 삶아서 물릴 때까지 먹는 그런 친구랍니다.

 : 이런 분들 먹으면서 먹는 얘기하는 사람이죠?

 : 제가 볼 때 이 정도면 자면서도 먹는 얘기 할 분인데요?

지금으로부터 15,6년 전일 거예요.

그 식신이 어느 날 친구랑 둘이서 롤러장에 갔답니다. 열심히 놀다 보니 집에 갈 차비밖에 남지 않은 거예요.

그런데 버스 정류장에서 차를 기다리다가 건너편 포장마차에서 김이 모락모락 나는 순대를 보고 말았던 것입니다. 그 향기는 도저히 뿌

리칠 수 없는 유혹이었다지요. 가진 돈은 차비가 전부이지만 순대를 두고는 도저히 발걸음이 떨어지지 않아 둘이서 계획을 세웠답니다.

식신 | 니가 아줌마한테 길을 물어. 그럼 내가 순대를 들고 뛸게.
　　　10분 후에 롤러장 입구에서 다시 보자!
친구 | 꼭 그렇게까지 해야 돼?
식신 | 해야 돼!

그렇습니다. 그녀는 꽂히면 바로 먹어줘야 했습니다.

잠시 후 식신 친구는 포장마차 아줌마한테 말을 걸고, 식신은 순대 한 줄 잡아들고 냅다 달리는데 예상치 못 한 일이 벌어졌습니다. 하필 너무 긴 순대를 잡았던 것이죠. 죽 딸려오는 순대가 행여 바닥에 끌릴까 손목에 칭칭 감으며 달렸답니다.

그날 이후 그녀는 영광의 상처가 손목에 남았습니다. 칭칭 감은 순대 모양 그대로. 15,6년이 지난 지금까지도 손목에 훈장처럼 새겨져 있답니다.

 : 전 그보다 궁금한 게 있어요. 그 긴 순대를 과연 어떻게 먹었을까요?

 : 상상하고 싶지 않아요.

 ★ 식욕은 곧 의욕이라고 하죠. 잘 먹는 사람이 의욕도 넘치는 법입니다. 어디서 보니까 식성에 따라 사람 성격도 달라진다고 하더라구요. 육식을 좋아하는 사람은 다소 정열적이고, 해산물이 당기는 사람은 인내심이 많고 침착하구요, 채소를 좋아하는 사람은 평화를 좋아하고 의욕이 강하대요, 기름기 많은 음식을 선호하는 사람은 활기차고 분주하구요, 과일을 좋아하는 사람은 주의력이 깊고 민감하며, 매운 걸 좋아하는 사람은 모험심이 강하고 적극적이랍니다. 여러분은 어느 쪽이세요?

아빠의 입 냄새
굴욕 사건

글쓴이 **황선숙**(nayachoal)

작년 가을에 있었던 실화입니다.

우리 아빠의 비밀스런 별명은 '또가스' 예요. 참고로 또가스는 몇 해 전 선풍적인 인기를 끌었던 〈포켓몬스터〉에 나오는 몬스터로, 입에서 독가스를 뿜어내 상대편을 공격하는 능력을 가진 아이예요. 아빠가 왜 또가스인지 아시겠죠?

: 얘죠?

: 입 냄새 공격! 하아~~~~

우리 아빠지만 솔직히 입 냄새가 장난 아니시거든요. 근데 아빠가 평소에 굉장히 엄하고 무뚝뚝하셔서 저와 엄마, 제 여동생은 아빠한테 감히 말을 못 하고 있었습니다. 서로 "야! 니가 좀 말해봐. 아빠한테 똥 구린내 난다고…" 하면서 미뤘죠.

그러던 어느 일요일 아침, 모두들 늦잠을 자고 늦은 아침을 먹던 때였어요. 아빠가 식빵에 잼을 바르시던 엄마 옆에 앉아서 하품을 하며 "아이고 허리야" 하셨답니다. 그 냄새가 어찌나 심했는지 엄마는 자신도 모르게 코를 막으시며

"아휴! 당신 이 좀 닦고 와요! 병원에도 좀 가 봐요! 입에서 너무 똥 내 나!"

이렇게 아빠의 입 냄새를 폭로해버리신 거예요. 아빤 약간 당황스러웠는지 "흠흠… 내가 무슨 입 냄새가 난다고 그래!" 화내며 화장실로 가시더라구요.

 :생활의 소리를 찾아서~
 :이 소리는 손에 입을 대고 자기 입 냄새를 맡아보는 소리입니다.

아빤 그 후에도 계속 독가스를 뿜으며 다니셨고 아빠가 제게 말씀을 길게 하실 땐 전 입으로만 숨쉬었죠. 그런데 며칠 후, 아빠와 제가 동생 미술학원 앞에 가려고 택시를 탔는데요.

아빠가 택시에 타면서 "아이고~ 기사님, 수고가 많으십니다" 하고 인사를 했는데, 그때 택시 기사님의 대답,

"괜찮습니다. 근데 부녀가 어디서 은행 따다 오셨나봐요^^*?"

전 웃겨서 택시 안에서 뛰어내릴 뻔했습니다.

아빤 그 다음날 바로 치과에 가셨답니다.

 : 문제. 다음 중 또가스 아빠 때문에 가장 힘들었을 사람은?

1. 엄마   2. 나   3. 여동생   4. 택시 기사

: 모두 아닙니다. 정답은 치과의사입니다.

 ★ 자기 입 냄새는 자기가 모릅니다. 내가 남의 단점을 지적할 때 그들은 나의
단점을 참아주고 있는지도 모릅니다.

급한 걸 어떡해

글쓴이 **박용태**(karatehead)

작년 여름이었어요. 택배 일을 하고 있었죠. 어느 원룸에 물건을 배달하러 갔습니다.

현관 앞에서 "띵똥~ 띵똥~ 띵똥~ 띵똥~" 아무리 눌러도 안에서는 응답이 없더군요.

서둘러 수취인에게 전화를 했습니다. 여자가 받더군요.

나ㅣ XXX씨 되십니까?

여자ㅣ 네, 누구세요?

나ㅣ 택배입니다. 댁에 안 계시네요.

여자ㅣ 아아 그러세요. 잠시 집 앞에 나왔거든요. 문 열려 있으니 넣어두고 가세요.

나ㅣ 네, 알겠습니다.

전화를 끊고 손잡이를 돌려보니 정말 문이 열려 있더군요. 그래서 집 안에 들어가 물건을 놓고 나오려는 순간 갑자기 배가 너무 아픈 겁니다. 잠시 고민했죠.

'주인도 없는데 빨리 싸고 나갈까? 아니지, 잠시 나간 거라는데 그

러다 중간에 들어오면?'

　한 10초 동안 심각하게 고민했습니다. 그러나 저도 모르게 발은 이미 화장실 문을 향해서 가고 있었습니다. 화장실 문을 열었습니다. 엄청나게 겁이 났습니다. 서둘러 바지를 내리고 변기에 앉았습니다. 일단 급한 불을 끄고 나니 한결 편안해졌습니다.

　그러나 이때부터가 시작이었습니다. 남은 일을 해결하며 앉아 있는 내내 머릿속에는 '주인이 오면 어떡하지?' 하는 생각밖에 없었습니다. 정신이 집중되기 시작했습니다. 물방울 떨어지는 소리에도 민감해지더니 화장실 밖의 소리까지 들리고 현관 밖 복도의 소리, 놀이터에서 애들이 노는 소리까지 들렸습니다. 정말 제 인생에서 이렇게 집중력이 높아진 적은 없었습니다.

　헛… 그때 복도에서 이상한 소리가 들리기 시작했습니다. 발자국 소리 같았습니다. 마음속으로 '제발 꿈이길, 그 고객이 아니길…' 정말 계속해서 빌었습니다.

　하지만 현관문 손잡이가 덜커덩 하는 소리가 들렸습니다. 그리고 이어지는 여자의 목소리.

　"아 더워라…"

끼약~
누구세요?

전 아무 생각도, 아무 말도 할 수 없었습니다. '제발 영원히 아무도 이 화장실 문을 안 열었으면' 하는 생각밖에는… 그러나 발자국 소리는 화장실에 점점 가까워졌습니다. 그리고 문이 열리면서 그녀와 눈이 마주쳤습니다.

"꺄아아아아아아악아아악!"

누가 먼저랄 것 없이 서로 소리를 질렀습니다. 전 왜 소리를 질렀냐고요? 소리를 안 지르면 뻘줌할 것 같고 가만히 있으면 더 이상한 사람이 될 것 같아서…

그리고 우리는 한 30초 동안 아무 말도 하지 못 했습니다. 일단 그녀가 화장실 문을 닫아쳤습니다. 정말 고마웠습니다. 그녀가 화장실 밖에서 어렵사리 입을 뗐습니다.

"누… 누구세요?"

"예에에에에… 택밴데요!"

　다행히 그녀는 제 말을 믿어주었고 전 화장실에서 나오자마자 배꼽
인사를 했습니다. 그것도 다섯 번 정도 연속해서… 몸이 자동적으로
그렇게 되었습니다. 그녀에게 자초지종을 말하고 정말 죄송하다고 사
과했습니다. 다행히 천사 같은 그분은 절 이해해주셨죠.

　다시 한 번 인사하며 현관문을 열고 나가려는 순간 그녀가 하는 말,

"아~ 근데 냄새 나네."

 : 이어서 노래 듣겠습니다.

　　조용필〈그대의 향기는 흩날리고〉

 : BMK〈향기에 취한 시간〉

 ★ 잘못될 가능성이 있는 것은 반드시 잘못된다. – 머피의 법칙

에로영화 보다
딱 걸린 사연

글쓴이 김재영(pungbeag)

때는 21살, 친구들이 하나둘씩 군대에 가던 시절입니다.

제 친구 C군도 군대에 가기 위해 휴학하고 입대 날짜를 기다리며 단란주점에서 아르바이트를 하고 있었습니다.

그러던 어느 날 C군이 제게 찾아와 기발한 놀거리가 생각났다며 이러는 겁니다.

"야, 단란주점 스크린 진짜 크고 화질도 좋잖아. 거기다 스테레오 음질도 빵빵하고. 다음주 월요일날 우리 가게 쉬니까 니가 에로영화 빌려와라. 우리 가게 스크린으로 영화관에서 보는 기분으로 보게. 어때, 죽이지?"

저는 그 말을 듣고 솔깃해서 비디오 대여점에서 마음에 드는 제목의 에로영화 〈박하사랑〉과 〈탈출소녀 신창순〉을 빌려서 친구 가게로 갔습니다. 과연 그 대형 화면과 그 엄청난 스테레오 음질은 저희 기대를 저버리지 않더군요. 저희는 맥주를 마시며 비디오 감상을 시작했습니다. 첫 번째 영화 〈박하사랑〉의 주인공 박하사와 여주인공의 혼신의 연기가 가슴속 깊이 들어와 '군에 가서 저런 하사 밑에서 군 생활을 하고 싶다'고 소리치던 중 갑자기 전화벨이 울리는 겁니다.

"뭐여! 오늘 쉬는 날인데 예약손님인가? ○○ 단란주점입니다."

C군이 전화를 받았습니다. 그러자 수화기 너머로 거친 목소리가 들렸습니다.

"거기 ○○ 단란주점 맞죠? 여기 임동 파출소인데요. 거기서 지금 에로영화 보고 있죠? 당장 꺼요!"

어떻게 알았는지 파출소에서 전화가 온 겁니다.

C군은 속으로 '어떻게 알았지? 근데 여기서 보면 안 되나?' 생각하고 당황해하며 전화기에 대고 물었습니다.

"저 단란주점에서 에로영화 보면 불법으로 걸리나요?"

그러자 어이가 없다는 듯 경찰이 하는 말,

"이 사람이 정신이 있나 없나? 당신들! 가게 입구 외부 화면 껐어, 안 껐어?!"

그 소리에 C군이 당황해서 밖으로 뛰어나가 보니 아저씨부터 교복 입은 학생들까지 수십 명이 위로 고개를 들고 "우와! 우와!" 감탄사 까지 연발하며 저희가 틀어놓은 에로영화를 시청하고 있는 겁니다.

몇 분 후, 친구는 경범죄로 출동한 경찰차에, 혼자 타고 가도 되는 걸 굳이 안에 숨어 있는 저에게 밖에서 큰 소리로 **"재영아 걸렸어. 나와!"** 하며 저까지 물고 늘어지지 뭡니까. 우리는 풍기문란 조장이라는 이상한 죄명으로 벌금 3만원씩 6만원 딱지를 끊고 집으로 귀가 조치되었습니다.

: "한번 보고 두번 보고 자꾸만 보고 싶네~"

신중현의 〈미인〉이 '풍기문란 조장'으로 금지곡이었죠?

"거짓말이야~ 거짓말이야~거짓말이야~"

김추자의 〈거짓말이야〉는 '불신풍조 조장',

"술 마시고 노래하고 춤을 춰봐도~"

송창식의 〈고래사냥〉은 '퇴폐풍조 조장' 혐의를 썼는데요.

 : 70년대 같았으면 이 사연은 교도소 우편으로 받았을 거예요.

 ★ 친구의 좋은 점은 함께 멍청한 짓을 할 수 있다는 데 있습니다.

이보다 공평할 순 없다

글쓴이 김수경(kiss0840)

　남동생이 몇 년 전에 한강 유람선에 있는 바에서 아르바이트 할 때 일이에요.

　아르바이트를 마친 새벽 시간에 1차선 굴다리를 통과하고 있는데, 헤드라이트 불빛이 눈부시게 앞쪽에서 승용차 한 대가 굴다리 안으로 들어오고 있더랍니다.

　동생은 벽 쪽으로 딱 붙어 섰지요.

　그런데! 반대쪽에서 또 다른 승용차가 굴다리 안으로 들어오더랍니다.

　그곳은 1차선 도로라서 한쪽에서 차가 다 빠져나와야 반대쪽 차가 지나갈 수 있는 길인데, 양쪽에서 동시에 차가 들어왔으니 두 차가 마주보고 서서 대치를 하게 된 거죠.

　한쪽이 먼저 차를 빼줘야만 반대쪽 차가 지나갈 수 있는 상황이었습니다.

　동생은 벽에 딱 붙어서 양쪽 차를 번갈아 보고 있었죠.

　양쪽 차들도 서로 마주본 채로 서서 몇 분간 정적이 흘렀습니다.

　그때 나중에 들어온 승용차에서 운전석 쪽 창문이 스르륵 내려지면서 운전자의 머리가 뿅 나오더니 마주보고 있는 다른 승용차를 향해

소리쳤습니다.

"저 우리… 가위바위보 합시다!"

반대편 운전자는 잠시 고민하더니,

"그럽시다!"

동생을 가운데 두고 양쪽 운전자들이 창문 밖으로 손을 높이 들어서

"가위바위보!"

결과는 나중에 들어온 사람이 졌습니다.

가위바위보에 진 운전자는 "하하~ 제가 졌네요!"하며 후진했답니다.

동생은 눈앞에서 펼쳐진 이 광경을 보고 한참을 웃었다고 합니다. 좀 어이는 없지만, 서로 빵빵 울려대고 양보 안 하겠다고 싸우는 것보다 훨씬 정감 있지 않나요?

 : 아예 도로 교통법 항목으로 넣으면 어떨까요?

'제 13조 7항 1차선 도로에서 쌍방향 자동차가 마주쳤을 경우,

두 운전자가 가위바위보를 하여 통행 우선 순위를 정한다.'

 : 그거 괜찮네요! 이 법규를 어기면 벌금 대신 뽕망치 3대! 어때요?

 ★ '가위바위보 필승법' 이라고 들어보셨나요? 9년 전에 일본 오비린대학의 요시자와 교수는 725명을 상대로 11,567회의 승부 데이터를 통해 하나의 법칙을 이끌어냈습니다. 실험 결과, '주먹'이 나올 확률은 35.0%, '가위'가 나올 확률은 31.7%, '보'가 나오는 확률은 33.3%였습니다. 그래서 그가 제시한 가위바위보 승리 전략 첫 번째는 '무조건 보를 내래' 였습니다. 사람들이 주먹을 많이 내는 이유는 손을 펴는 것보다 손을 쥐고 있는 것이 사람에게 가장 자연스러운 손의 형태고, '이기고 싶대'고 생각하는 순간 손에 힘이 들어가기 때문이랍니다. 불끈 쥐고 있던 손을 펴서 상대에게 내밀 때 비로소 그를 이길 수 있다는 사실… 뭔가 생각하게 하지 않습니까?

미용실에서 장님 된 사연

글쓴이 **서민아**(tolal1)

저는 이제 20살이 된 학생입니다.

억압의 고 3생활이 끝나고 대학생이 되고 나니 멋을 좀 부리고 싶었습니다.

곱슬머리와 장님에 가까운 시력이었습니다. 제가 워낙 눈이 안 좋아서 안경을 벗으면 제대로 보이는 게 없거든요.

일단은 그토록 갈망했던 찰랑거리는 머리부터 만들자 싶어 미용실에 매직파마를 하러 갔습니다.

한참을 기다려 안내하는 자리로 가서 앉자마자 안경을 벗고 주머니에 넣어두었습니다. 안경을 벗으니 앞이 잘 보이지 않아서 저도 모르게 인상을 찌푸리게 되었는데, 미용실 언니가 제 표정을 보았는지 제게 다가와서 친절히 묻더군요.

"너무 오래 기다리셔서 지루하시죠? 머리 할 동안 잡지책 보고 계세요"하며 제게 잡지책을 건네는데, 저는 시력이 좋지 않아 글씨가 잘 보이지 않기 때문에 그냥 "제가 눈이 안 보여서 못 읽어요"라고 말했습니다.

그러자 갑자기 주위가 싸해지더니 옆에 계시던 원장님이 버럭 소리를 지르시는 겁니다.

"빨리 사과하지 못 해!"

그 말에 책을 건네주던 미용사가 "어머, 죄송합니다"라며 계속 허리를 굽혀 사과를 하는 겁니다. 저는 괜찮다며 손을 내저었죠. 어찌나 당황스럽던지…

한참 시간이 지나고 마무리할 즈음, 미용실 언니가 절 불렀습니다.

"머리 씻겨 드릴 테니 이쪽으로 오세요."

저는 앞이 잘 보이지 않아서 저도 모르게 손을 앞으로 뻗은 채 더듬거리며 언니를 따라가는데 그때 미용실 원장님이 또 버럭 화를 내셨습니다.

"지금 손님 앞이 안 보이시는데 손도 안 잡아주고 뭐해!"

이쪽으로

순간 다시 한 번 미용실 안은 싸해지고 사람들이 저를 쳐다보는 게 느껴졌습니다.

저는 순간 창피해져서 고개를 숙였는데 앞에 가던 미용실 언니가 거의 울먹거리면서 "죄송합니다, 죄송합니다" 하며 저를 부축했습니다.

결국 저는 머리를 다 한 후에도 미용실 원장님과 언니가 실망하실까 봐 안경을 쓰지 못 하고, 미용실 출구까지 부축을 받으며 나왔습니다.

괜히 저 때문에 혼난 미용실 언니한테 죄송하기도 했는데, 여하튼 머리는 이쁘게 된 것 같아요. ♡

 : 이런 경우 있죠. 지하철에서 갑자기 다리에 쥐나서 절뚝거리면 친절한 분들이 자리 양보해주잖아요. 거절 못 하고 앉으면 내릴 때 다리 안 저려도 절뚝거리면서 내려야 돼요.

 : 실망시킬까봐~ㅋㅋ

 ★ 불친절보다 더 힘든 건 불편한 친절입니다.

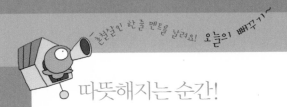

따뜻해지는 순간!

0593 ★ 고시원에서 맞는 네 번째 생일. 여자친구가 끓여주는 미역국에 희망이 생기고 눈시울이 따뜻해지더라구요.

7870 ★ 너무 몸도 마음도 지칠 때 "엄마는 네 편이야. 그러니깐 힘내."

5362 ★ 힘든 하루 마치고 집에 돌아오면 현관까지 뛰어와 아빠 아빠 외치는 17개월 된 아들.

3001 ★ 집사람이 몸이 아파 움직이기 힘든데 저 출근한다고 계란 후라이 해주면서 미안하다 말할 때 눈시울이 붉어지더군요.

0607 ★ 제가 안 좋은 친구들과 놀다가 큰 잘못을 한 적이 있는데 어머니가 울면서 나를 믿는다고 했을 때 참 따뜻했어요.

1368 ★ 편의점에서 일하는데 손님이 힘들죠? 하면서 커피 한 잔 사줄 때의 감동이란!

2369 ★ 가난한 시절 주인집 아저씨가 연탄 50장 주셨을 때요. 아직도 감사해요, 아저씨.

1209 ★ 여자친구랑 헤어졌을 때 친구가 힘내라며 따라주는 술이 제일 따뜻했던 것 같아요.

0302 ★ 방금 인쇄한 따끈따끈한 A4용지~ 가슴도 손도 따뜻해져요.ㅎㅎ

4907 ★ 운전 초보일 때, 끼어들기 힘들어서 진땀 빼고 있을 때 손짓하며 양보해주시는 분 덕에 따뜻함을 느꼈어요.

7257 ★ 10개월 된 우리 아기 선재가 "엄마"라고 했을 때! 알고 하는 말은 아니지만 좋았어요.

1127 ★ 대학 떨어졌는데 엄마가 아무 말 없이 꼭 안아주셨을 때 감동이었죠.

3810 ★ 자취생이라 밥 못 먹고 출근하는 내게 빵, 우유 건네주는 내 사수. 당신 밖에 없어요.

7261 ★ 힘들었던 결혼 준비 끝나고 나서 신부가 하는 말. 이제 푹 쉬어요. 고생했어요.

0607 ★ 사소하지만 버스에서 학생이 할머니께 자리 양보하는 걸 보면 세상은 참 따뜻해요.

3412 ★ 요즘 일 때문에 힘들었는데 토요일에 태어난 우리 아가 보니 마음이 따뜻해져요. ^^

1570 ★ 군대 있을 때, 몇 시간이고 걸리는 그 먼 길을 새벽부터 도시락 싸갖고 오는 여자친구 모습이 멀리서 보일 때

3474 ★ 횡단보도 앞에 서 있는데 빨간 불에 할머니께서 지나가시네요. 양방향 차가 모두 서서 기다리네요.

1678 ★ 봉사시간 채운다고 양로원에 갔었는데 할머니가 좋아하시면서 사탕을 주셨어요. 가슴이 뭉클했어요.

2800 ★ 아직 취업 못 한 나에게 먼저 취업한 친구가 도서관까지 와 묵묵히 밥 사주고 갈 때

6991 ★ 결혼기념일 이벤트로 부모님께 기타 연주 해드렸더니 어머니께서 우셨어요.

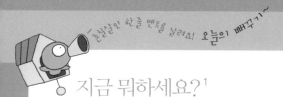

지금 뭐하세요?[1]

2040 ★ 버스 타고 가는데 옆 버스에 어떤 여자가 자꾸 쳐다보기에 안녕~ 해줬어요.

0004 ★ 앞차에 어떤 여자가 선루프로 몸 내밀고 있는데 앞에 가는 차가 비닐 버렸어요. 머리에 흰 비닐 쓰고 떼어내느라 난리 났어요 ㅋㅋ

4085 ★ 길 건너 리어카에서 과일이 하나씩 계속 떨어지는데 주인아저씨 졸고 있어요.

6883 ★ 교실에서 선풍기 닦아 천장에 달던 우리 선생님, 천장 연결고리가 끊어져 쩔쩔매며 들고 계세요.

6991 ★ 독서실 4층에서 창문 열고 컬투쇼 들으며 율무차 마시다가 너무 웃겨서 밖으로 율무차 내 뿜었어요. 지나가는 사람들이 비 온다고 막 뛰어가요.

2013 ★ 차가 밀려서 창 내리고 라디오 듣는데 비둘기가 날아와 조수석에 앉네요.

4012 ★ 중앙선에 여자 팬티가 있어요. 왜 저기 있을까요?

2244 ★ 병원에서 일하는데요, 환자가 콧구멍 입구에 사마귀가 나서 코를 팔 수가 없다고 하소연 하네요.

5414 ★ 천변에 낚시 하러 왔는데 물고기가 낚시 바늘 두 개를 동시에 물어서 서로 자기 거라고 다 투시네요.

0760 ★ 방금 라디오 켰는데 50원 소리 때문에 엄마가 놀라셨다가 아직도 기아 체험 모금하냐고 물어요.

1640 ★ 지금 앞에 걸어가는 여자 엉덩이에 대출상담 해드립니다 스티커가 붙어 있는데 어떡하 죠? 떼어줘야 하나요?

7327 ★ 어떤 아저씨가 가로로 주차를 하다가 앞차를 박고 뒤로 빼다 뒤차도 박고 그냥 튀었어요.

5462 ★ 아르바이트 하고 있어요! 전국 토지 소유인 변경 작업 중입니다. 전국 땅이 내 손 안에 +_ +으흐흐

3502 ★ 학교 도서관에 밑만 보고 걸어가다가 누가 제 목을 졸라서 앞이 캄캄해졌어요. 정신차리 고 보니 현수막 고정줄에 목이 걸렸네요.

7426 ★ 친구 얼굴이 택시 유리창에 끼어서 택시기사 아저씨와 함께 차 유리 고치러 가고 있어요.

2721 ★ 버스 운전하는데 회오리바람이 불어 걸어가던 아가씨 치마가 확 올라갔어요. 근데 지나가 던 차가 사고났네요.ㅋㅋ

1149 ★ 사장님이 배달 갔다 오라고 했는데 졸려서 사장님 집 옆에 차 대놓고 자고 있어요.

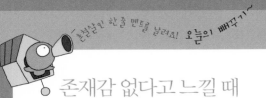

존재감 없다고 느낄 때

2738 ★ 백일휴가 나왔는데 엄마가 너 왜 군인 옷 입고 있냐고 할 때. 자취해서 1년에 몇 번밖에 못 보긴 했지만… 저 군대 갔잖아요, 엄마!

9217 ★ 난 집에서 TV 보고 있는데 가족들만 닭 시켜서 먹을 때

9987 ★ 예비군 훈련 안 갔는데 예비군통지서가 안 와서 전화해보니 참석했다고 돼 있네요.

8987 ★ 집에서 자고 있는데 나 어디 갔냐고 싸우고 있어요, 우리 엄마 아빠가.

7855 ★ 출장 갔다가 집에 왔는데 무인경비시스템 달아놔서 도둑 취급 받았을 때

0384 ★ 문고리 고장난 화장실에서 일 보는데 자꾸 문 열어요. 안에 사람 있어요!

1495 ★ MT 준비 내가 다 하고 당일에 아파서 못 갔는데, 단체 사진 보며 나 어딨냐고 할 때

9867 ★ 어릴 적 숨바꼭질 할 때 다른 애들은 다 찾고 집에 갔는데 나만 안 찾아줘서 혼자 밤늦게까지 숨어 있었어요. 무서워 죽는 줄 알았어요.

4068 ★ 음식 시켰는데 내 것만 빠져 있을 때 정말 존재감이 상실돼요

2460 ★ 편의점에서 일할 때 분명 카운터에 서 있는데! 손님들 "여기 누구 없어요?"

7532 ★ 5킬로그램 이상 다이어트 했는데 엄마가 "야 너 왜 이렇게 살쪘어" 할 때

4022 ★ 일요일 누워 있는데 누나가 급히 밖에 나가는 거예요. 어디 가냐고 물었더니 아빠 환갑잔치 간대요. ㅡㅡ

4010 ★ 휴게소 들러서 화장실 갔다가 일보고 나와 우리 차 찾는데 없어서 전화했더니 나 빼고 출발해버린 우리 가족

6191 ★ 취직하고 한 달 후 주말에 쉬고 있는데 아버지께서 취직 안 하냐고 뭐라고 하실 때

4938 ★ 대학 4년 내내 간부 했는데 졸업 전시 뒤풀이 때 교수님께서 저한테 신입생이냐고 물어보시네요.

4498 ★ 집 나갈 뻔했어요. 엄마가 절 부르시는데 유철아 최유철 어딨니~ 전 김유철인데 말이죠.

2080 ★ 작년 수능 때 어머니가 아무 생각 없이 미역국으로 밥 해주실 때요.

2064 ★ 군대에서 휴가 나왔는데 집 이사갔어요. ㅡㅜ

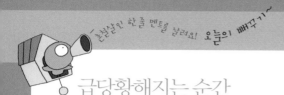

급당황해지는 순간

4545 ★ 술 마시고 자꾸 전화하는 버릇이 있어 비번 바꿔 잠궈놨더니 다음날 기억 안 날 때

6472 ★ 헬스클럽에서 운동복 입고 열심히 뛰고 있는데 바지 고무줄 터졌을 때

5102 ★ 군 시절 받은 위문편지에 초등학생이 자기가 군대 갈 때쯤엔 제가 죽고 없을 거라며 무덤을 지켜준대요.

7740 ★ 교회에 크라운J가 왔는데 찬송가 한 곡 부르고 그녀를 뺏겠습니다 불렀을 때 –_–

1771 ★ 여친이 도서관에서 껌 씹다가 재채기를 했는데 앞 사람이 공부하는 책 위로 그 껌이 날아갔대요. ㅋㅋ

0215 ★ 버스에서 내릴 때가 돼서 내리려고 손잡이 봉을 잡았는데 그게 녹슬어 있었던 건지 뚝 하고 뽑혔을 때. 창피해서 서둘러 내렸는데 갖고 내렸어요. ㅠㅠ

3929 ★ 엘리베이터에서 방귀 뀌었더니 화재 경고 벨이 울렸을 때. 내 능력에 내가 놀라 당황했습니다.

8982 ★ 알바 하면서 손님이 남기고 간 초밥 입에 넣고 즐거워하는데 손님이 뭐 두고 갔다며 다시 들어와 눈 마주쳤을 때

3604 ★ 차 안에서 방귀 뀌고 앉아 있는데 누가 차문을 확 열 때. 당황해서 문을 닫아버렸어요.

4983 ★ 경품번호 6번 당첨돼서 나갔는데 9번 거꾸로 읽은 걸 알았을 때

2307 ★ 운전하고 있는데 하나도 아니고 바퀴 네 개가 동시에 뻥 하고 터졌을 때

3857 ★ 버스 급정거했는데 할머니 무릎에 앉아버렸어요. 저보다 할머니가 급당황 ㅋㅋ

7436 ★ 놀이공원에서 놀이기구 탄다고 줄 서 있다가 남친 손인 줄 알고 앞 남자 손 잡았어요.

9333 ★ 여자친구랑 뒷모습이 똑같아서 눈 가리며 누구게 했는데 생판 모르는 장발의 남자였을 때

0936 ★ 여친 집 화장실에서 용변 보는데 금 가는 소리가 나더니 변기가 쫙 하고 깨졌어요.

0760 ★ 수능시험 보는데 마킹 다 하고 정신차려보니 15분 남았네요. 근데 알고 보니 마킹은 꿈에서 한 거였어요. –_ㅠ

8291 ★ 교감 선생님이 제 이름을 호명해서 전교생 앞으로 상 받으러 나갔는데 제가 아니라 딴 애였어요.

8844 ★ 남자화장실에서 볼일 보는데 청소아줌마가 대걸레질 하며 다리 하나 들라고 할 때

4582 ★ 세 살짜리 조카한테 고모 예쁘지? 했더니 조카가 "고모! 왜 그래? 할 때

4567 ★ 급한 나머지 산 밑에서 오줌 누고 있는데 등산 중이던 아줌마들이 환호하고 있네요.

3821 ★ 남자화장실 꽉 차서 하나 비어 있는 여자화장실 갔는데 갑자기 여자들이 몰릴 때. 노크하기에 저도 모르게 여자 목소리 냈어요.

6781 ★ 컵에 담겨 있는 물을 마셨는데 마시고 나서 컵 안을 보니 할머니 틀니가 담겨 있을 때

한칼같이 한 줄 멘트를 날려요! 오늘의 뻐꾸기~

지금 뭐하세요?²

3264 ★ 철거 현장에서 일을 하는데 동료가 정화조에 빠졌어요. 지금 꺼내려고 난리예요.

6440 ★ 앞에 가던 아저씨가 3연속 콤보로 방귀를 뀌면서 가요! 가속도가 붙었나봐요.

4529 ★ 밖을 보고 있는데 어떤 아저씨가 바닥에 떨어진 거 주우려다가 가발이 떨어졌네요.

9817 ★ 신호대기 중에 앞차가 버린 담배꽁초를 뒤차 운전자가 내려서 주워 앞차 창문에 버리네요. 오 멋쟁이!

1555 ★ 앞차가 간이화장실을 싣고 가는데 화장실 문틈으로 화장지가 길게 날려요.ㅋㅋ

0139 ★ 버스 맨 앞자리에서 졸던 아줌마가 커브를 돌자 뚝 떨어지셨네요. 근데 많이 창피한지 일어나지 않아요. 그러다 정차하니까 후다닥 뛰어내리시네요.

0584 ★ 약속시간 늦은 울엄마! 머리를 말리고 스프레이를 찾더니 에프킬라를 머리에 뿌리네요.

0724 ★ 강변에서 어떤 할아버지가 빨간 스판 유니폼을 입고 조깅을 하시는데 가까이서 보니 내복.

7723 ★ 친구가 귀 밑 3센티미터 잘못 말해서 귀 위 3센티미터로 아줌마가 잘라버렸어요.ㅠㅠ

2688 ★ 알약이 목에 걸려 트림했더니 가루약이 뿜어져 나와요. 소화기 같아요.ㅋㅋ

5184 ★ 아파트 입구인데요, 아줌마가 떠들면서 지나가시다가 차 오고갈 때 내리는 쇠봉에 머리를 맞고 기절하셨어요.

0966 ★ 옆에 지나가는 차에 사람이 없기에 자세히 보니 의자를 완전히 눕히고 운전해요.

0721 ★ 고3이에요. 기말고사 보고 자습 중인데, 앞 친구가 자다가 갑자기 흐느끼며 방귀 꼈어요.

2056 ★ 제가 독서실 다니는데요, 방에 혼자 있는 줄 알고 트림도 하고 방귀도 꼈는데 앞에 있던 여자가 그만 좀 하래요.

3460 ★ 남자친구랑 집에 있는데 아빠가 갑자기 집에 들어오셔서 남자친구가 옷장에 갇혀 있어요! 두 시간째예요.

5791 ★ 친구랑 고스톱 쳤는데 친구가 너무 열심히 해서 팔 인대가 늘어났대요.

9731 ★ 아~ 며칠을 벼르고 별러 두루치기 먹으러 가서 "여기 두루치기 주세요" 했는데 두부찌개를 주네요.

0221 ★ 지금 회사 근처에서 데모한다고 불 지르는데 제 옆 사람 불꽃놀이라고 신나게 막 달려가요. 저러다 돌 맞겠어요.

8905 ★ 지하철에서 남자가 밖에서 손 흔들면서 안에 탄 여자친구 쫓아 뛰어요. 기차역도 아닌데…

4269 ★ 막걸리차 기사가 밥 먹으러 갔는데 어떤 할아버지가 몰래 타서 마시고 계세요.

0858 ★ 십자수 하고 있는데 왠지 이상해서 보니까 이불이랑 같이 꿰매고 있었어요.ㅠㅠ

1210 ★ 앞차에서 내비게이션으로 야동 보고 있네요. 아주 예쁜 여자분인데…

따라쟁이들

6485 ★ 우리 원장님이 라디오CF 만날 따라해요. 화장품 광고도 비데 광고도!

7496 ★ 여친과 백일 기념으로 여수로 놀러갔는데 친구와 친구 여친이 따라왔어요. 우씨!

1591 ★ 옆집 아줌마가 우리 집 비데 보고 비데 놓더니 이젠 우리집 슈퍼 하는 거 보고 그 옆에 슈퍼 차렸어요.

1007 ★ 몸은 강호동 얼굴은 지상렬인 마흔 살 우리 남편, 이준기 샤기 컷을 따라해요.

7902 ★ 따라하기의 극치인 친구! 결혼식 날짜 시간까지 똑같아 하객들 절반 뺏겼어요.ㅜㅜ

0745 ★ 이등병 때 훈련 뛸 적에 병장 고참이 텐트를 빼놓고 가기에 나도 따라했어요. 하루 종일 욕 먹었습니다.

6497 ★ 제가 바른 까만 매니큐어가 이상하다더니 언니가 며칠 뒤에 바르고 다니더라고요.

5339 ★ 내가 옷을 살 때 안 예쁘다던 친구가 며칠 후 오만 핑계를 다 대면서 그 옷 입고 나타났을 때!

5537 ★ 윤은혜 따라한다고 커트머리로 짧게 잘랐다가 머리가 축구공 됐어요.ㅜㅜ

0426 ★ 임신했을 때 불러오는 제 배를 따라한다며 마구 먹던 남편. 지금은 자기 발도 못 봐요.

0399 ★ 원푸드 다이어트 따라하다가 입원했어요. 농약중독으로요. 하필 농약 뿌린 포도였어요.

0092 ★ 마트에서 줄이 길게 서 있으면 괜히 뒤에 섰다가 필요 없는데도 그냥 사게 돼요.

4647 ★ 토종 서울 사람인데 사투리가 좋다고 부산토박이인 내 사투리 따라 쓰는 친구.

0489 ★ 이제 겨우 돌 지난 조카가 프로레슬링 보고 곰인형이랑 레슬링하고 있어요.

2043 ★ 할머니와 꼭 붙어다니는 다섯 살 난 우리 딸. 동네 트로트 가수 됐어요.

5865 ★ 다른 방송을 듣다가도 #뭐뭐 나오면 똑같이 50원 소리 지르고 있어요.

0530 ★ 16개월 둘째가 말썽을 피우기에 떽 하며 혼내는 시늉을 했더니 다섯 살 된 언니한테 떽 하며 졸졸 따라다녀요.

9557 ★ 우리집 토끼가 강아지 따라서 개 사료를 먹어요.

4965 ★ 우리 조카가 할아버지 인상을 똑같이 따라하면서 고모를 구박하네요.ㅜㅜ

3413 ★ 요즘 우리 딸내미가 자꾸 저한테 자기라고 불러요. 세 살인데요.

억울해요

4011 ★ 안면 홍조증 있는데 집 들어가면 만날 술 먹고 왔냐고 그래요. 억울해요.

4754 ★ 통닭집 가게 간판이 쓰러지는 걸 잡아줬는데 나보고 왜 건드리냐고 뭐라고 할 때

6610 ★ 화장실 물 안 내려가기에 들어갔다 바로 나왔는데 뒤에 있는 사람이 물도 안 내리고 나온 사람 취급할 때 ㅠㅠ

9946 ★ 버스 타서 "학생이요" 했는데 기사 아저씨가 째려보면서 "네?" 할 때

6657 ★ 로또를 같은 번호로 대략 6개월을 샀는데 당첨 안 돼서 포기했더니 그 주에 그 번호가 당첨됐을 때

4699 ★ 너무 피곤해서 입 옆이 헐어서 빨개졌는데 친구가 떡볶이 묻었다며 엄지손톱으로 긁을 때

6657 ★ 제 친구가 콧구멍 바로 옆에 사마귀가 있는데 처음 보는 사람마다 그게 코딱진 줄 알아요. 소개팅 갈 때마다 예의 없다고…

6333 ★ 삶은 계란인 줄 알고 여친 머리에 쳤는데 날달걀이었어요.

8050 ★ 어떤 아저씨가 성인용품 파는 가게 문을 확 열어보더니 막 도망가요. 아줌마가 날 한 번째려보더니 문을 쾅 닫아요. ㅠㅠ 저 진짜 아닌데…

8169 ★ 길 가는데 할머니가 은행나무 발로 두 번만 차달라고 해서 찼어요. 마침 지나가는 단속반에게 걸렸는데 할머니는 줄행랑!

0731 ★ 엄마한테 혼나고 방에 들어갔는데 문이 바람에 세게 쾅 닫혔어요. 문 세게 닫았다고 된통 맞았어요.

2618 ★ 제 옆에 유모차에 있던 애기가 너무 귀여워서 계속 쳐다봤는데 애기엄마가 절 이상하게 보더니 유모차 덮개를 덮었어요. --;

0125 ★ 바바리코트를 입고 걸어가다 더워서 단추를 풀려고 하는데 여학생들이 소리 지르며 도망갔어요.

9535 ★ 목욕탕 갔는데 아주머니가 가슴 보고 놀라더니 아래 보고 안심하네요. -_-;

2252 ★ 집들이 갔던 집에서 컴퓨터 잠깐 만졌을 뿐인데 왜 망가지나요! ㅠㅠ

3630 ★ 목욕탕에서 꼬마가 음료수를 내 옆에다 놓고 어디 갔다 오더니 지 엄마한테 저 언니가 먹었어 할 때

9082 ★ 신경도 안 쓰던 여자애가 어느 날 갑자기 저한테 자기 그만 좋아하래요. ㅠㅠ

9495 ★ 화장실에서 걸려온 남친 전화 실수로 받게 돼 어색하게 통화하는데 옆 칸 여자가 큰 소리로 방귀 껴서 남친이 당황하며 끊었어요. ㅠㅠ

5470 ★ 시장에서 채소 아줌마가 없어 서성이고 있는데 웬 아저씨가 말없이 천 5백원 쥐어주고 무하나 집어갔어요.

7920 ★ 늦은 시간 귀가하는데 앞에 가는 여자가 자꾸 뒤돌아보며 점점 빨리 걸을 때

이런 것까지 닮았다

8970 ★ 매일 퇴근 후 욕조에 뜨거운 물 받아 몸 담그는데 언제부턴가 여섯 살 아들도 몸 담그고 몸 풀고 있다는…

7924 ★ 애아빠가 국을 먹을 때 그릇째 들고 마시면서 캬 소리를 내는데 네 살 제 아들도 어딜 가든 항상 그러고 마셔요.

1116 ★ 눈썹 간지러워도 지워질까봐 긁지 못 하고 손톱으로 톡톡 두드리는데 남친도 무의식중에 따라하네요.

6967 ★ 저는 여자인데 뒤통수에 땜통이 있어요. 1원 크기로. 외할아버지 엄마 그리고 저, 똑같은 위치, 똑같은 모양, 똑같은 크기로 있어요.

7345 ★ 결혼하고 늘 같은 음식을 먹으니까 방귀 냄새가 닮아가요.

2338 ★ 신랑이 빨간 것만 보면 땀을 흘리는데, 17개월 된 울아들 빨간 음식만 보면 땀을 흘려요.

5451 ★ 회사에서 일하다가 일이 잘 안 풀리면 저도 모르게 욕을 하는데 어느 순간부터 외국인 노동자가 옆에서 욕을 쓰더라구요.ㅋㅋ

2455 ★ 제 여친과 저는 소주 마실 때 보리차를 섞어 마시는 게 같아요.

4053 ★ 엄마랑 저랑 혀에 점 있어요.

7866 ★ 아들 전화 목소리에 자기야 했습니다. 남편 목소리인 줄 알고서…

8727 ★ 저는 제 동생이랑 딱히 닮은 데가 없는데, 주변에서 다 눈알이 닮았다네요.

4004 ★ 눈썹 숱이 없는 게 저랑 아빠랑 꼭 닮았어요. 이건 뭐 모나리자도 아니고ㅋㅋ

2384 ★ 아빠 엄마 얼굴 부위에 하얀 털이 한 가닥씩 나는데 저도 귀 뒤에 나더라고요. 다행히도 안 보여요ㅋㅋ

9728 ★ 우리 엄마하고 삼촌은 귓구멍 크기가 큰 게 닮았어요. 진짜 커요.

2737 ★ 자다가 안방에서 아빠가 제 방에서 제가 비슷한 시간대에 소리 지른대요. 왜 그런 것까지 닮았을까요. ﹣_﹣

5931 ★ 9개월 딸이 코를 닮았어요, 수술 전 제 코랑… 시댁에서 누굴 닮아 코가 낮냐고 해요.

7423 ★ 엄마가 몇 년 전에 치질 수술하셨는데 저도 지난달에 수술했어요.

7472 ★ 남자친구랑 시험 성적이 닮아가요.ㅠㅠ 어쩌죠?

0495 ★ 우리 아빠는 코를 엄청 고시는데 엄마도 크크킄! 푸우~ 하고 따라서 고세요. 이젠 코골면서 대화하는 것 같아요.

6942 ★ 유치원에서 아빠 다리 하랬더니 TV 보는 아빠 포즈 취하네요. 누워서 턱 괴고 다리 꼬고…

9552 ★ 제 동생과 엄마는 앉아서 방귀 뀔 때 엉덩이를 항상 오른쪽으로 들고 뀌어요.ㅋㅋ

한탕같이 한 줄 멘트를 날려요! 오늘의 빠꾸기~

긴장되는 순간

5718 ★ 여자친구 집에 인사하러 갈 때 엄청 긴장되더라구요.

0555 ★ 첫 애기 정상 분만이 안 돼서 수술 기다릴 때. 그 순간보다 더 긴장된 적은 없어요.

6985 ★ 드레스 입고 아버지 손잡고 입장하는 순간 덜덜덜

0621 ★ 반 전체가 선생님께 맞고 있는데 점점 내 차례가 다가올 때

0266 ★ 노처녀로 낙인찍히고 맞선 보러 갔는데 너무 긴장해서 방귀 올라오고 포크로 고기 찍었는데 남자 얼굴로 날렸어요.ㅠㅠ

8978 ★ 영화 클라이맥스인데 화장실 가고 싶을 때… ㅠㅠ 주인공이 하도 안 죽어서 격하게 식은땀 날 정도로 긴장했다.

0026 ★ 치과에서 치료받을 때 마취주사가 눈앞에서 왔다갔다 하면 정말 긴장돼요.

9792 ★ 달리기 출발 지점에서 신호 기다릴 때 긴장 두 배

1669 ★ 매년 3월 새로운 반 아이들을 만나기 위해 교실 문을 열기 직전 최고로 긴장돼요.

2792 ★ 아들 탯줄을 자를 때가 가장 긴장되던 순간이었죠.

7012 ★ 체육대회 백미인 계주! 마지막 주자로 바통을 받기 직전의 기분! 심장이 벌렁벌렁~

2044 ★ 군대에서 사격할 때 마지막 한 발 남았는데 맞추면 휴가 가고 못 맞추면 휴가 못 갈 때

5548 ★ 남친이랑 이미지 사진 찍고 수정할 때 아저씨가 화면 확대해서 잡티에 모공에 삐져나온 코털까지 보일 때

1121 ★ 택시 운전합니다. 손님이 어디 가자고 하는데 모르는 곳일 때 무지 긴장돼요.ㅎㅎ

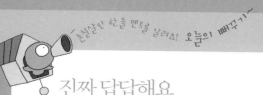

촌철살인 한 줄 멘트를 날려요! 오늘의 삐딱구기~

진짜 답답해요

5894 ★ 외국인 노동자랑 같이 일하는데 평소에는 대화 잘되다가 일 때문에 혼내려 하면 못 알아 듣는 척해요.

0197 ★ 주차장인데요, 어떤 아주머니가 다른 차 주차 못 하는 거 가르쳐주더니 정작 자기 차 주차 는 헤메고 있어요.

7699 ★ 점쟁이가 팬티 갈아입지 말라 했다고 진짜 한 달째 그 팬티만 입는 내 친구

0407 ★ 영화 보러 갔는데 앞자리에 머리 큰 사람이 앉으면 정말 답답하죠.

1224 ★ 양념치킨 시켰는데 후라이드로 왔을 때

7477 ★ 드라마 같이 보면서 하나부터 열까지 다 물어보는 우리 엄마

7806 ★ 똑같이 중간부터 드라마 봤는데 그 전 상황 자꾸 나한테 물어보는 우리 언니

7534 ★ 좋아하는 사람이 있는데 딴 사람을 좋아하고 있을 때 정말 답답해요.

1552 ★ 앞 자동차! 지금 좌회전하면서 우회전 깜빡이 켜요. 이젠 후진등… 어디로 가려나.

0516 ★ 인터넷으로 티 하나 사는데 맘에 안 든다며 다섯 번 반송시켜서 결국 옷값보다 택배비를 더 쓰는 여자친구

6029 ★ 자장면 먹을 때 단무지 떨어졌는데 종업원하고 눈 마주칠 때까지 말 못 하는 나

9413 ★ 식권 안 쓰고 엄청 많이 모아놨는데 아끼다가 도둑맞고 후회하는 사람

0427 ★ 결혼식이 내일인데 끝까지 프러포즈 안 해주는 남자. 뭔 배짱?ㅠㅠ 아 답답해.

1099 ★ 주식투자 하고 나서 아무 일도 못 하고 노심초사 주가만 보고 있는 상사

7030 ★ 길에서 아주머니가 길을 묻기에 한참을 큰 소리로 알려드렸는데 망설임 없이 반대방향으 로 갈 때

6274 ★ 얼굴이 노랗게 뜬 친구가 대변 마려운 걸 네 시간째 참고 있네요. 대변은 꼭 집에서 본답 니다! 퇴근하려면 아직도 다섯 시간 남았는데…

2804 ★ 옆에서 재채기를 할랑말랑 하는 사람요! 진짜 대신 해주고 싶어요!

7523 ★ 다이어트 한다고 아침점심 다 굶어놓고 자기 전에 치킨에 맥주 먹는 누나

4012 ★ 편의점에서 일하는데 어떤 손님이 딸기우유를 먹을지 초코우유를 먹을지 15분 넘게 고민 하고 있어요.

1829 ★ 아무리 빠른 길 알려줘도 꼭 자기 아는 길로 돌아가는 시골 사람

이 과자는 샤론만 먹는 거예요. 왜냐면 샤론의 과자니까...

여기 상담소에 오는 사람들은 죄다 맛이 간 사람들이네~

다시 듣고 싶다
미친*상담소 베스트5

이곳에 오면 모든 고민이 무너집니다!
혼자 가슴속에 묻어둔 고민들, 창피해서 얘기 못하는 고민들,
시시콜콜하고 자잘한 고민들만 받습니다.
성심성의껏 상담하지만, 시원하게 해결되지는 않습니다.

4. 샤론의 고민.
"사장님이 내 과자를 몰래 훔쳐먹어요."

저는 과자를 좋아해요.
그런데 사장님이 제자리에 와서 샤론과자를 몰래 먹어요.

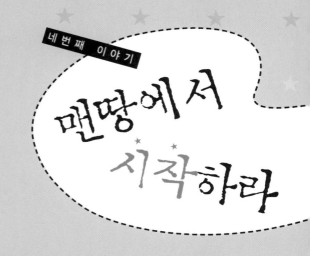

네 번째 이야기

맨땅에서
시작하라

K군의 계산기

글쓴이 익명(readian76)

　때는 바야흐로 15년 전, 우리 회사 차장님이 공대를 다닐 때 일입니다. 공대생들은 대부분 공학용 계산기를 사용하는데, 평소 돈이 없던 같은 과 K군은 늘 친구들한테 계산기를 빌려 공부를 했답니다. 대학교에서 화학을 배웠던 분들은 아시겠지만, 공학용 계산기가 없으면 시험이 어렵습니다.

　그런데 첫 화학 시험이 있던 날, 오후 5시에 시작되는 시험이었는데, K군이 들어오질 않더랍니다.

　5분쯤 지났을까… K군이 해맑은 미소를 지으며 "드디어 나 계산기 구했어" 하면서 들어오더랍니다. 친구들은 모두 기립박수를 쳐주며 기뻐했죠.

　드디어 시험이 시작되고 모두 열심히 문제를 풀고 있는데, 다른 학생들과 달리 유난히 바쁘게 적고 다시 계산하고 또 적고 하는 K군의 모습이 조금 불안해 보이더랍니다. 그때 지나가던 조교가 K군을 보고 한마디 던졌습니다.

　"야 임마, 쌀집 계산기로 화학을 어떻게 푸냐! 으이구~"

하지만 K군은 아랑곳 않고 묵묵히 문제를 풀고 있었죠.

그런데 시작한 지 한 시간이 좀 지나자, 갑자기 K군이 몸을 왼쪽으로 돌기 시작했습니다.

마치 커닝을 하려는 듯이 몇 번 왼쪽으로 비틀더니, 시간이 조금 더 지나자 이번엔 갑자기 벌떡 일어나더랍니다. 일어나서는 숫자를 중얼거리고 다시 앉고, 또 벌떡 일어나 숫자를 중얼거리더니 다시 앉고… 그러다 아예 책상 위로 훌쩍 올라가 숫자를 외워대는 것이었습니다.

시험 감독을 하던 교수님께서 소리를 질렀죠.

"너 뭐하는 거야, 이 자식아! 지금 내가 이 앞에 서 있는데 그딴 식으로 커닝하는 거냐? 감히 내 앞에서?!"

그러자 K군은 울먹이며 이렇게 외쳤습니다.

"이게 햇빛으로 충전하는 건데요. 해가 지니깐 안 보여요.ㅠㅠ"

K군은 해가 지는 방향으로 계속 몸을 비틀다가 해가 완전히 지자, 형광등에 비춰서 숫자를 희미하게 읽고 있었던 겁니다.

: 정말 처절하네요. 돈 없는 게 죄죠.

 : 그래도 젊을 땐 나아요.

20대에 돈이 없으면 불편할 뿐이지만,

30대에 돈이 없으면 처량하구요,

40대에 돈이 없으면 사람 구실 못 합니다.

오기와 열정으로 열심히 돈 법시다!

 ★ 사람에게 있어서 가장 큰 비극은 가난이 아니라,
가난한 것을 이겨내지 못하는 것입니다.

겨털 신부의 비애

 글쓴이 **조은희**(joeun78)

예전에 예식장에서 아르바이트 할 때 일입니다.

제 일은 신부를 따라다니며 잔심부름을 하는 것이었는데, 그날의 주인공답지 않게 신부 얼굴에 수심이 가득하더라구요. 그래서 물어봤죠.

"신부님, 어디 불편하세요?"

신부는 뭔가 말하려다 멈칫거리더니 "아니에요" 했습니다.

그러다가 안 되겠다 싶었는지 다시 저를 부르더군요.

"저기… 혹시 눈썹 미는 칼 있으세요?"

저는 완벽한 메이크업을 한 상태에서 왜 갑자기 눈썹 칼을 찾나 싶어 물었더니 신부가 아주 작은 목소리로 속삭였습니다.

"실은 제가 정신이 하나도 없어서 겨드랑이 털을 밀지 못했거든요."

 : 겨울철 신부를 위한 체크 포인트!

 : 1. 동남아로 신혼여행을 간다면 여름옷을 미리 준비한다.

2. 신혼에 필요한 난방용품을 혼수로 구입한다.

3. 겨털을 밀었는지 반드시 확인한다!

그렇습니다. 탑 드레스를 입은 신부는 수북한 겨털 때문에 걱정이었던 거죠. 상황을 보니 눈썹 칼로는 어림도 없어 보였습니다. 전 예식 10분을 남겨놓고 여기저기 알아보았지만, 결국 신부는 겨털을 밀지 못 한 채 입장을 하고 말았습니다.

신부는 정말 최대한 팔을 붙이고 있더라구요.

식은 아무 일 없이 끝나려나 했습니다. 그런데 마지막에 사회자가 신랑한테 만세 삼창을 시키는 거예요. 저는 속으로 '신랑만 시켜야 하는데… 신부는 시키면 안 되는데…' 하며 마음을 졸였답니다. 근데 갑자기 신랑이 신부 손목을 덥석 잡더니 만세 삼창을 하는 겁니다.

순간 제 숨이 멎는 줄 알았습니다.

신부의 겨털이 공개되는 순간, 다들 시선을 어디 둬야 할지 몰라~ 하지 않고(!) 뚫어져라 보며 웃더라구요. 신랑은 그것도 모르고 만세 삼창을 하는데 그 모습이 어찌나 안타깝던지…

신부의 얼굴은 정말 터지기 직전이었습니다.

그 신부님 그 일 이후 영구 제모 하셨는지 모르겠네요.

 : 평소에 인간관계 잘하셨어야 할 텐데요.

안 그러면 지금쯤 그날 결혼식 비디오가 인터넷에 동영상으로 돌고 있을지 모릅니다.

 : 동영상 제목 - 겨털 신부의 만세 삼창! 지금 한번 검색해보시죠.

 ★ "여자는 자신의 장점 때문에 사랑을 받게 되는 경우 그 사실에 기뻐한다. 그러나 가장 가슴속 깊이 바라는 사실은 남자가 자신의 결점까지도 사랑해주는 것이다." - 프레보

멍멍, 야옹이, 까까?

글쓴이 **김정식(hopy1)**

　우리 작은어머니께서는 많은 연세에도 불구하고 남들이 절대 따를 수 없는 재능(?)이 하나 있습니다. 바로 '메뚜기 잡기' 입니다.

　근교에 유기농으로 벼농사를 짓는 곳이 있는데요, 가끔 놀이 삼아 운동 삼아 나들이를 가시면 항상 양손의 비닐 봉지에 메뚜기를 가득 담아 오십니다. 오죽하면 가족들이 "메뚜기 씨를 말리겠다. 농림부 같은 데서 감사패나 표창장 줘야 하는 거 아냐?" 하며 놀려대겠습니까.

　얼마 전 설 연휴에, 작은어머니의 손주인 세 살 된 조카한테 그림책을 보여주며 놀고 있었습니다.

　강아지를 보여주며 "이건 뭐야?" 했더니 "멍멍~"

　고양이를 보여줬더니 "야옹이~"

　그렇게 진도를 잘 나가고 있는데 마침 메뚜기가 나왔습니다. 그런데 똑똑한 우리 조카 메뚜기를 보자마자 반색하며, "까까~" 하는 겁니다.

뭐 저건 애가 다 있어!

순간 무슨 소리인가 했더니 메뚜기를 집
어먹는 시늉을 하며 "할머니~ 까까~"하는 겁니
다. 작은어머니는 평소 메뚜기를 볶아 간식으로 드셨
던 모양입니다.

작은어머니 손에 자란 조카 눈엔 메뚜기가 간식으로 보인 거죠. 메
뚜기를 까까로 아는 해맑은 조카, 참 귀엽죠?

 : 몇 년 후, 초등학생이 된 조카의 시험지가 예상되네요.

"가을철에 논에서 흔히 볼 수 있는 메뚜기의 특징을 써보세요."

 : 조카의 답- "볶아서 먹으면 고소하다."

 ★ 우울할 때 먹는 걸로 기분 전환하시는 분들 많죠? 호밀빵이나 보리빵은 긴장을 풀어주고 기분을 즐겁게 하구요, 신경이 예민하고 화가 치밀 땐 비타민 C가 풍부한 오렌지나 자몽이 톡톡히 제 역할을 하고, 권태감이나 스트레스를 느낄 땐 초콜릿이 좋대요. 하루 한 잔 정도의 향긋한 커피는 집중력과 자신감을 높여준다고 합니다.
아주 매운 고추도 마음을 편안하게 해주는 데 효과가 있다고 하죠. 그렇다면 근심 걱정 잠시 내려놓고 깔깔거리며 웃고 싶을 땐? 역시 메뚜기죠. 무한~ 도전!

공포의 고속버스

삼십대 초반인 제게는 여행 경험이 적은 어린 여자친구가 있습니다. 전 지방에 사시는 부모님께 인사를 시키고 싶어 사탕 발림말로 꼬셔댔습니다.

나ㅣ 오빠랑 집에 갔다 오자.

그녀ㅣ 인사드리러 가는 거예요? 아직 인사는 좀 그런데…

나ㅣ 아니야, 고속버스 타고 풍경도 감상하고 휴게소에 들러 우동도 먹고 핫바도 먹고, 가는 길 구경도 하고 음악도 듣자. 정말 재밌을 거야.

그녀ㅣ ^0^ 와~ 재밌겠다.

귀여운 그녀는 잠깐 망설였지만 버스 타고 간다는 말에 마냥 즐거워했고, 우리는 그렇게 그 공포의 버스에 오르게 되었습니다.

고속버스 탄다고, 출발하는 그 늦은 밤에 먹거리와 음료수를 챙겨 나온 그녀. 우리는 손을 맞잡고 설레는 마음으로 버스에 올랐는데 그만 휘황찬란한 버스 내부에 경악하고 말았습니다. 온 창문마다 조화가 엉성하게 밧줄에 묶여 걸려 있었고, 기사 아저씨가 매직으로 쓴 트로트 가사들이 코팅되어 커튼마다 핀으로 고정되어 있었습니다. 조금이라도 커튼을 움직여볼라치면 그 가사판들이 흔들거렸는데, 맨 밑에 쓰여진 붉은 글씨체가 은근히 사람 겁 주는 겁니다.

'건드리지 마시오 - 기사백'

주렁주렁 빨갛고 파란 전구 불빛 하며 여기저기 목각인형들이 늘어져 있는 것 하며, 야밤에도 선글라스를 쓰고 인상 쓰는 기사의 카리스마를 보니 뭔가 일이 잘못되고 있다는 것을 직감했습니다.

드디어 버스가 출발을 하고, 실내등이 꺼졌습니다. 잠시 후 기사가 에코를 강하게 넣고 마이크를 들었습니다.

"에, 껌 소리가 납니다. 씹지 마세요. 운전에 방해됩니다."

어린 여자친구는 "고속버스에서는 껌 씹으면 안 돼?" 하고 귓속말로 물었고 제가 대답을 해주려는 찰나 갑자기 실내 모든 불이 켜지며 기사의 강압적인 말투가 이어졌습니다.

"에에, 껌 소리가 납니다. 씹지 말라고 했잖아요!"

버스 안은 순식간에 조용해졌습니다. 그런데! 정적이 흐르는 버스 안 나지막이 껌 소리가 다시 들리는 것이 아니겠습니까? 어린 여자친구는 겁에 질려,

그녀 | 어떡해~ 오빠가 가서 껌 씹지 말라고 해. 기사 아저씨 무서워.
나 | 알았어, 오빠만 믿어.

그때 갑자기 차가 갓길에 급정거를 했습니다. 에코를 더 강하게 넣은 마이크를 잡고 기사가 신경질적으로 소리쳤습니다.

"아니, 누가 껌을 씹어요? 내가 씹지 말라고 하면 씹지 말아야지! 사고 나면 책임질 거야?"

승객들이 한쪽에서 이어폰을 낀 채로 껌을 씹고 있는 아가씨에게 다가가 조그만 소리로 말했습니다.

"거, 기사 양반이 껌 씹지 말라잖아요. 얼른 뱉어요, 얼른!"

다시 평정을 찾은 버스는 어느덧 휴게소에 이르렀습니다. 버스에서 기사 눈치 보며 웅크리고 있다가 휴게소에 도착하니 마치 탈출하는 기분이 들고 너무 신나더라구요. 호두과자랑 알감자랑 사자고 의기소침한 여자친구를 달래주려던 찰나 다시 들리는 에코마이크.…

"휴식시간은 10분입니다. 정확히 10분 후 출발합니다. 음식은 다 먹고 오시기 바랍니다. 차에서 드시지 마십시오. 냄새나고 소리 나면 운전에 방해됩니다. 정확히 10분 뒤 출발합니다."

아니, 어떻게 10분 안에 그 뜨거운 알감자를 밖에서 오들오들 떨며 다 먹고 온답니까? 하지만 그 말이 떨어지기 무섭게 사람들이 후다닥 뛰어나가기 시작했고 저도 여자친구 손을 잡고 뛰기 시작했습니다. 10분 안에 화장실에 다녀오고 음식도 먹으려면 1초가 아쉬운 판국이었으니까요.

1분 30초를 투자해 고민 후 여자친구가 화장실에 다녀오는 동안 알감자와 호두과자를 사기로 했습니다. 그녀가 다급한 얼굴로 뛰어오기까지 7분 30초. 제 손에 들려 있는 알감자와 호두과자를 2분 30초 안에 먹어야 했죠. 게다가 저는 화장실을 다녀오지 못 했습니다.

차에서 먹지 말라는 기사의 경고를 떠올리며 여자친구가 발을 동동 굴렀습니다.

"어떡해? 이거 들고 들어가면 아저씨한테 혼날 텐데… 어떡해?"

결국 알감자와 호두과자를 외투 안에 숨기고 우리 자리가 아닌 맨 뒷자리로 잠입했습니다. 사온 음식을 몰래 먹으려는 계획이었죠. 선글라스를 낀 기사가 한 바퀴 돌며 승객들을 체크하는 동안 꼼짝도 않고 자는 척했습니다. 승객들도 막 뛰어왔는지 숨을 몰아쉬며 얌전히 자리에 앉았습니다. 그리고 버스는 출발했습니다. 저희는 슬며시 품에서 호두과자를 꺼냈습니다. 그때 다시 에코마이크가 울려퍼졌습니다.

"아아, 맨 앞자리에서 뒤로 옮긴 젊은 남녀, 다시 원래 자리로 오세요. 운전에 방해됩니다."

승객들은 순간 저희를 돌아보았고 여자친구는 금방이라도 울 듯했습니다.

"뒷좌석에 있는 남녀, 얼른 자기 자리로 오세요. 사고 나면 책임질 거야?!?!"

또다시 승객들이 웅성거렸고 여자친구와 저는 새파랗게 질린 채 우리의 원래 자리로 돌아갔습니다.

품 속의 호두과자는 꺼내보지도 못 하고… 그렇게 공포의 버스는 다시 떠났습니다.

정말 잊을 수 없는 여행이었습니다.

 : 코믹 호러 무비의 한 장면 같네요.

 : 영화 제목은 〈사고 나면 책임질 거야?〉

 ★ 사람을 알려면 그의 지갑, 취미 그리고 불평을 보라는 말이 있습니다. 불평도 습관입니다.

무사고 안전운전의 비밀

글쓴이 **김민지**(lapisok)

저는 5년 전 운전면허를 땄지만 운전에 영 서툴렀습니다.

평소 과제물이나 준비물이 많은 미대를 다니던 터라 종종 엄마 차를 빌려 학교에 가곤 했습니다. 학교와 집 사이가 멀지 않은데다 직진만으로 갈 수 있었기에 운전에는 별 무리가 없었습니다. 절 움츠러들게 만드는 건 바로 주차 문제였지요.

: 주차는 감인데요, 초보는 감이 없죠.

: '곶감'을 갖고 다녀 보세요. '곧 감'이 올 겁니다.
(방청객 야유 "우우우우") ☞ 이럴 거면 가!

주차란 저에게 너무나 어려운 숙제였습니다. 무거운 과제물을 싣고서도 미대 건물과는 조금 떨어진, 주차공간이 널찍한 도서관 앞에 주차를 해야 했죠. 친구들이 "민지야, 오늘 놀러 가자" 하면 전 "안 돼! 오늘 차 가지고 왔어"라고 의기소침하게 말하곤 했습니다.

그러던 어느 날이었습니다.

친구들이 우리집에 놀러 왔는데 마침 엄마 차가 있었기에, 집에서 조금 떨어진 대형마트로 음식을 사러 친구들과 출발했습니다. 무난하

게 마트의 지하 주차장에 진입한 저는 웬일인지 자신감이
붙어, 많은 자리를 내버려두고 양옆에 차가 주차되어 있는
마의 T자를 제 자리로 확신하고 주차를 시작했습니다.

하지만 마음과 달리 차는 한쪽으로 계속 쏠리고, 결국 옆 차와 한 뼘
정도밖에 남지 않은 상황이 되자 식은땀이 나더군요. 저는 주차요원에
게 도움을 요청했습니다.

주차요원은 상황이 난감해서 책임을 지기 싫은지 "저희는 주차를
도와드릴 수는 있지만 고객님 차를 대신 운전해드릴 수는 없습니다"
며 앞으로 빼라, 옆으로 틀어라 하고 지시만 했습니다. 전 분명히 그
말을 따랐는데도 어찌 된 영문인지 옆 차와의 공간이 10센티미터도 남
지 않게 되었습니다.

당황한 주차요원은 무전기로 뭐라고 했고 잠시 후에 매니저와 다른
주차요원이 일을 수습하러 달려왔습니다. 그런데 결과는 제 차가 옆

차에 더 바싹 붙어 간격이 2센티미터 정도밖에 되지 않았다는 겁니다.

우리는 비상 대책회의를 했습니다. 마침내 매니저가 마트 안에 있는 카센터에 가서 차를 수리할 때 쓰는, 타이어 아래에 넣는 디딤대를 가져왔습니다.

저와 친구 두 명, 주차요원 두 명, 그리고 매니저까지 힘을 합쳐 그 디딤대를 이용해 차를 들어올린 다음 주차를 성공시켰습니다. 정말 힘으로 주차를 한 셈이죠.

저, 그 후로 마트 갈 땐 꼭 걸어다니구요, 웬만해선 핸들 잡지 않습니다. 정말 주차는 어려워요~.

 : 그래도 이 경우는 좀 낫네요.

예전에 주차된 티X, 네 명이서 들어서 옮긴 경우도 있었잖아요.

 : 우회전하다 넘어진 다마X, 운전자가 문 열고 나와서 "영차~" 하고

세워서 간 경우도 있었구요.--;

 ★ "초심을 잃지 않는 것은 매우 중요합니다. 하지만 초심으로 플레이를 하면 안 됩니다." – 일본 야구선수 이치로 스즈키

가스총 총각

글쓴이 강태욱(greatuk4)

제 친구는 술 먹고 잃어버리거나 털린 민증이 일곱개, 핸드폰이 네개, 각종 카드 재발급 건수가 50회를 넘었습니다. 작년에 잃어버린 지갑만 세 개구요. 이런 전력 때문에 친구는 그렇게도 사랑하는 술을 마시려고 하면 불안감이 먼저 드나봅니다.

작년 망년회 때, 역시 이 친구가 걱정을 하더라구요. 그래서 제가 친구에게 "지갑은 내가 갖고 있다가 너한테 줄게. 우리가 혹시 취할지도 모르니까 넌 팬티에 택시비만 넣어봐. 그러면 지갑도 안 잃어버리고, 털릴 염려도 없잖아"했죠.

저희는 모든 문제가 해결됐다고 생각하고 술판 레이스를 벌였습니다. 안심한 친구는 동공이 풀리고, 새해 복 많이 받으라는 말을 3000번 할 정도로 취했답니다.

제가 이 친구를 택시에 태워 보냈죠. 다행히 기사가 자상해 보였고, 무엇보다도 아주머니라 안심이 됐습니다.

근데 아뿔사! 제가 깜빡하고 그 친구한테 지갑을 안 준 거예요.

저는 곧장 택시를 타고 친구 집으로 향했습니다.

그런데 친구 집 앞에 경찰차며 주민들이 모여 있었습니다. 저는 친구의 꼬락서니를 본 순간 더 이상 다가갈 수가 없었습니다.

친구는 택시 보조석에서 바지가 반쯤 벗겨진 채 팬티에 손을 넣고, 입에는 개 거품을 물고 쓰러져 있었습니다. 정말 추해서 제 친구라고 말할 수가 없었죠.

사연은 이랬습니다. 택시가 집에 도착하자 기사가 자는 친구를 깨워 택시비를 달라고 했겠지요. 그러자 친구가 바지 속에 손을 넣더니 갑자기 허리띠를 풀고 바지까지 벗으려고 했다는 거예요.

아마도 팬티 안에 있던 돈을 꺼내려고 했던 모양이죠. 하지만 아무것도 모르는 기사 아주머니는 너무 놀라 친구를 변태로 오해하고 가스총을 발사하신 겁니다.

친구는 저 때문에 무임승차에 변태라는 소리를 듣고, 거기에 가스총까지 맞게 됐습니다.

다음날 그 친구는 동네에서 '가스총 총각'으로 불리게 됐고, 이사를 서둘러야만 했습니다.

 : 지갑은 갖고 다니지 마세요.

　돈은 주머니에 넣어 다니세요.

　술은 집에서 마시세요.

 : 깔끔하게 해결 됐네~

 ★ "인생은 가까이서 들여다보면 비극이지만, 멀리 떨어져서 보면 희극이다."
－ 찰리 채플린

피를 부른 승부욕

글쓴이 김덕규(raven007)

저 소싯적에 한 운동했습니다. 머리는 몰라도 체력 하나는 늘 자신 있었습니다.

하지만 서른 중반이 되자 몸이 예전같지 않더군요.

얼마 전 실내 수영장을 찾았습니다.

평소라면 4,50바퀴를 돌고 마쳤을 텐데 그날은 저보다 좀 나이드신 분이 계속해서 제 뒤를 따라오더라구요. 전 승부욕이 불타올라 계속 돌았습니다.

60바퀴를 돌자 구민 수영장이 올림픽 수영장처럼 느껴졌고,

70바퀴를 넘어서자 박태환 선수의 환영이 보였고,

80바퀴를 넘어서니 혹시 뒤따라오는 아저씨가 조오련 아저씨가 아닐까란 생각이 들었습니다.

이윽고 그 정체불명의 아저씨는 86바퀴에서 멈추셨습니다.

하지만 전 멈출 수가 없었습니다. 뒤따라오던 그 아저씨가 멈춰선 채로 '몇 바퀴나 더 도는지 어디 한번 보자' 하고 저를 지켜보는 것 같았거든요.

결국 2시간 30분 동안 100바퀴를 채웠고 뿌듯한 마음으로 사우나로 향했습니다.

마침 그곳에 그 아저씨가 있더군요. 전 의기양양하게 그 앞을 지나 갔습니다.

그런데 아저씨 절 한참 쳐다보시더니 "젊은이!" 하고 부르시는 겁니다. 전 속으로 '자네 참 체력 좋더구만. 부럽네 부러워' 하실 줄 알았습니다. 하지만 제 얼굴을 안쓰럽게 바라보며 하시는 말,

"자네~ 코피 나네! 코피 나."

저 태어나서 코피를 처음 흘려봤습니다.

게다가 10년 만에 몸살감기도 걸렸구요.

제가 무리한 거 맞죠? 제가 나이가 들어서 그런 거 절대 아닌 거죠?

 : 그럼 어릴 땐 도대체 몇 바퀴를 돌았다는 거야?

 : 정말 돌았구나~

 ★ 나의 승부욕은 얼마나 될까? 테스트 하나 해보실래요? 처음으로 해외여행을 떠났습니다. 호텔 숙박요금이 모두 동일하다면 어느 호텔을 선택하시겠어요?

1. 휴양지 분위기의 조용한 호텔   2. 편안한 콘도형 호텔
3. 예쁜 별장 같은 호텔   4. 세계적인 체인을 갖고 있는 유명 호텔

★ 결과를 볼까요?
1번 모든 일에 무리하지 않는 타입
2번 자기 페이스에 따라 마음먹은 일을 끝까지 해내는 타입
3번 기분이 상승 분위기일 땐 승부욕이 불타지만 그 반대가 되면 기가 약해지는 타입
4번 남에게 지는 건 절대 용서할 수 없는 타입

요술반지 절도사건

저는 신림에서 경찰공무원을 준비하고 있는 학생입니다.

제 친구이자 잘 나가는 농약방 장남인 C군으로 말하자면, 강동원 닮은 얼굴과 큰 키에 옷 입는 센스도 갖춘 친구지만 흠이라면 찢어지는 목소리와 게임을 너무 좋아한다는 겁니다.

그날도 여느 날처럼 젊은 청춘을 몬스터 사냥에 매진하던 친구가 갑자기 비명을 지르는 것이었습니다. 그 소리에 놀라 달려가서 왜 그러냐고 물어보니 자기 게임 아이템을 해킹당했다는 겁니다. C군은 밤새 사냥에 매진한 터라 개기름이 줄줄 흐르는 얼굴과 원폭 맞은 듯한 머리 상태였지만, 너무 흥분해서 당장 경찰에 신고해야겠다는 겁니다.

C군은 도착하자마자 상기된 얼굴로 나이 지긋한 경찰관 아저씨께

"아저씨! 도둑맞았어요, 도둑이요"라고 울먹였습니다.

그러자 경찰관 아저씨 놀라면서

경찰관 ┃ 자, 진정하시고 차근차근 말해보세요. 뭘 도둑맞았는데요?

친구 ┃ 순간이동 요술반지랑 투명망토요.

경찰관 ┃ 네? 뭘 도둑맞았다고요?

친구 ┃ (답답하다는 듯이 큰소리로) 순간이동 요술반지랑 투명망토요!

그제서야 경찰관 아저씨는 친구를 위아래 훑어보시곤 조용히 제게 C군의 정신이 온전하냐고 물으시는 겁니다. 뒤에서 배꼽이 빠져라 웃고 있던 전 경찰관에게 자초지종을 설명해드렸습니다. 그제서야 알아들으신 경찰관 아저씨는 웃으면서 C군을 사이버 수사대로 안내해주셨답니다.

참고로 저희는 27살이고 이 일은 3개월 전에 있었던 일입니다.

 : 이런 경우도 절도죄에 해당되나요?

 : 저한테 물어보지 마세요!

 ★ 게임중독 자가진단 테스트! 7개 이상 해당하면 게임중독일 가능성이 높습니다. 1-꼭 해야 할 일이 없으면 거의 모든 시간을 게임하는 데 보낸다. 2-게임을 하고 있지 않는데도 게임을 하는 느낌이 들 때가 있다. 3-게임을 한 이후로 해야 할 일이나 물건을 잃어버리는 등 건망증이 늘었다. 4-반드시 해야 할 일이 있어도 게임을 그만둘 수 없다. 5-게임 때문에 시험(일)을 망친 적이 있다. 6-게임을 통해서 내가 할 수 없는 일을 할 수 있다고 느낀다. 7-게임을 하지 않는 날이 거의 없다. 8-컴퓨터를 켠 후 가장 먼저 게임을 시작한다. 9-게임을 하지 못할 때면 짜증이 나거나 화가 난다. 10-게임하는 것 때문에 가족들과 다툰 적이 있다. 11-게임 때문에 밤을 새운 적이 많다. 12-게임을 하는 도중 주인공이 다치거나 죽으면 마치 내가 죽는 듯한 느낌이 든다. 13-게임을 하다가 고함을 치는 경우가 많다. 14-내가 현실생활보다는 게임에서 더 유능하다는 느낌이 든다. 15-게임 시간을 줄이려고 노력하는데도 번번이 실패한다.

불쌍한 내 친구 헛물켠 이야기

글쓴이 **김기호**(qrstu2)

친구와 동대문에서 옷을 사고 지하철을 타고 집으로 가던 길이었습니다.

충무로에서 갈아타려고 지하철을 기다리는데 친구놈이 제 옆구리를 푹푹 찌르면서

"야 야, 저 여자 내 스탈이야, 완전…"

그러면서 옆에 서 있는 여자를 흘깃거리더군요. 좀 이뻤습니다. 긴 웨이브머리에 롱코트, 검은색 치마, 검은색 부츠…

 : 은하철도 999의 메텔 같네요.
혹시 승차권을 손에 들고 있지 않았나요?

 : 안드로메다로 함께 떠나요~

그러는 사이 지하철이 왔고, 제 친구는 잽싸게 그 여자 뒤에 가서 섰습니다. 그러고는 제게 귓속말로 "야, 나 진짜 떨려. 향기 나지? 와~ 냄새도 어쩜 이리 좋냐. 안 되겠다. 이 여자 번호 따야겠다."

친구는 타이밍을 엿보기 시작했습니다. 지하철 안에서 전화번호를 물으면 사람들이 쳐다보니까 여자가 내리면 같이 내려서 물어봐야겠

다고 하더라구요. 그 여자 오래 가더군요. 어느덧 지하철은 3호선 종점인 수서에 다다랐습니다. 여자 가 드디어 내려서 저희도 따라 내렸죠.

계단을 올라가 카드를 찍고 출구로 나가는 에스컬레이터 위에 올라탔죠. 찬스였어요. 에스컬레이터에는 할머니, 어떤 남자, 그 여자, 제 친구, 저 이렇게 서 있었죠.

제 친구가 용기를 내서 앞에 서 있는 여자에게 "저…" 하고 말을 걸려는 찰나!

그 여자가 자기 앞에 서 있던 남자의 등을 톡톡 치며 말했습니다.

"저기요!"

뭐지? 저와 친구가 어안이 벙벙해 있는 사이, 그 여자는 앞의 남자한테 작업을 걸고 있었습니다.

이건 〈유주얼 서스펙트〉의 절름발이 반전과 〈쏘우〉의 시체 반전, 〈식스센스〉의 귀신 반전을 합쳐도 모자라는 그런 엄청난 반전이었죠.

그 여자가 앞의 남자한테 이럽니다.

"제가 그쪽 보고 맘에 들어서 여기까지 쫓아왔거든요? 괜찮으시면 가까운 데 가서 차나 한잔 하면서 얘기 좀 하고 싶은데…"

　제 친구는 순간 얼음이 되고 전 터져나오는 웃음을 참지 못 했답니다. 더 비극적인 건, 그 남자의 알겠다는 대답이었죠. 하긴 저 같아도 그런 외모를 가진 여자가 작업 걸어오는데 거절할 이유가 없죠. 그 남자도 멋지더라구요.

　제 친구 너무 불쌍하지요?

 : 이런 경우를 전문용어로 '뻘짓' 혹은 '삽질' 이라고 하죠.

 : 눈을 낮추세요. 너무 높으면 위험합니다.
　그래서 작업현장에는 늘 그 표지판이 있는 거예요. '안전제일'

 ★ "잡기 힘든 공 잡지 말고, 치기 힘든 공은 치지 말자."
－ 소설 《삼미슈퍼스타즈의 마지막 팬클럽》 중에서

암내 일병

글쓴이 라형원(allstar4u)

농구 시즌만 되면 생각나는 놈이 있습니다.

1년 남짓 별 탈 없이 평화롭게 보내고 있던 군 생활. 하지만 그놈이 부대로 전입 온 후로 저희 부대에는 평화가 사라졌습니다.

오늘의 주인공 P군. 그는 부대 사람들을 숨쉴 수 없게 만들었습니다. 바로 녀석의 몸에서 풍기는 암내 때문이었습니다.

살면서 별의별 암내 다 맡아봤지만 그렇게 무시무시한 암내는 처음이었습니다. 냄새가 지독한 걸 넘어서 머리까지 아프게 했거든요. 자동적으로 그의 별명은 '암내' 가 되었습니다. 저는 그 암(내) 이병의 냄새를 참을 수 없어서 중대장님을 찾아간 적도 있습니다.

"중대장님! 암 이병의 냄새로 지금 부대원들의 사기와 전투력이 급격히 떨어져 있습니다. 전투력 증강을 위해서라도 암 이병에게 휴가를 주어 수술을 하고 올 수 있게 해주십시오."

그러나 중대장님께서는,

"암내를 참는 것도 하나의 군 교육이다. 화생방 훈련이라 생각하고 암내를 참으며 인내심을 기르도록 해라. 그 냄새까지도 이겨내야 진정한 군인이 될 수 있다."

결국 제 건의사항은 받아들여지지 않았고 하루하루 암내 화생방을 견디며 보냈습니다.

그러던 어느 날 그 골칫거리 암내가 정말 큰 도움이 된 날이 있었습니다.

대대 체육대회. 조금 큰 체육대회라 각 종목에서 우승한 팀에게는 일주일의 휴가가 주어졌습니다. 저희 중대는 농구만 결승에 진출했는데 제가 주장을 맡았답니다. 상대팀은 2중대. 2중대에는 농구를 잘한다고 소문난 일명 '마이클 쪼다' 가 있었습니다. 경기가 시작되었습니다. 예상대로 마이클 쪼다의 현란한 플레이로 2중대가 12점 앞선 채 전반전을 끝냈습니다. 휴식 시간에 작전을 세우는데 실력으로는 이기기 힘들 것 같았습니다.

작전을 곰곰이 생각하고 있는데 어디선가 제 코를 찌르는 냄새!

암 일병(진급 했음)의 냄새였습니다. 이 냄새가 우릴 구원할지 모른다는 생각이 퍼뜩 들지 뭡니까.

전 암 일병을 불러 다짜고짜 말했죠.

"후반전에 들어와."

암 일병은 농구할 줄 모른다며 빼더군요.

저는 "너는 그냥 마이클 쪼다만 쫓아다녀. 그리고 우리 공격 땐 먼저 상대방 지역에 가서 계속 뛰어다녀."

후반전이 시작되고 작전대로 암 일병은 마이클 쪼다만 쫓아다니기 시작했습니다.

쪼다가 공만 잡으면 전 암 일병에게 소리를 쳤습니다.

"팔 들어! 팔 들어! 겨드랑이를 최대한 쪼다 코에 갖다 대!"

심판을 보던 간부도 어느새 경기장 밖으로 몰아낸 괴력의 암내.

암내 작전은 성공했습니다. 쪼다는 암 일병이 투입된 후 급격히 컨디션이 나빠졌고 2중대 팀 플레이도 무너지기 시작했습니다. 저희 팀도 암내를 참기 힘들었지만 그 동안 맡아온 짬밥이 있어서인지 그나마 페이스를 유지하고 최선을 다했습니다.

결국 암 일병의 눈부신 활약으로 저희는 경기에서 우승하고 휴가를 다녀올 수 있었습니다. 지금 암군은 어디서 뭘 하고 있을지 정말 궁금합니다. 수술은 했는지…

그래도 만나고 싶지는 않습니다.

: 안녕하세요~ 하이브의 리더~ 정찬웅입니다.

 : 막내~ 김태균이에요. 〈암내 제거 수술 축하해〉!

♪ ♬ ♪ ♩ 내 몸엔 암내가 나요. 내 주위엔 사람이 없죠.

지하철을 타서도 손잡이를 잡을 수 없죠.

수업시간에 질문이 있어도 선생님은 내 질문만 빼고 다 받아줬어요.

아무리 잘못을 해도 손들기 벌은 절대 주지 않았어요.

농구부에선 내가 수비하면

상대편을 쓰러뜨려 항상 이길 수 있을 거라고 얘기 했어요.

씨름부~ 유도부~ 수영부는 아예 물속에 조차

들어오지 말라고 했어요. ♪ ♬ ♪ ♩

 ★ 단점은 곧 장점이 될 수 있습니다. 내성적인 사람은 발상력이 뛰어납니다. 남을 피하는 사람은 대부분 정직하고 꾸밈없습니다. 낯을 가리는 사람은 진실한 인간관계를 만듭니다. 소극적인 사람은 남의 말을 잘 듣습니다. 소심한 사람은 같은 실수를 반복하지 않습니다. 어두운 사람일수록 밝아지고 싶은 욕구가 강합니다.
– 책 《누구에게나 단점은 있다》 중에서

리어카 연가

글쓴이 염성훈(kindguy21)

때는 작년 겨울 어느 눈 오는 날.

친구가 여자친구와 분위기 있게 한잔 한다며 시내 술집으로 갔습니다. 그런데 술을 과하게 마신 여자친구가 그만 술을 먹다 정신을 잃고 쓰러진 겁니다.

여자친구는 키가 176센티미터에, 떡 벌어진 어깨와 건장한 몸매의 소유자였습니다. 그에 비해 왜소해 보이는 친구녀석의 몸무게는 65킬로그램. 그날 밤 친구는 다급한 목소리로 제게 전화를 했습니다.

친구│ 야! 제발 좀 도와줘! 여기 시내 술집인데 지금 좀 와줘야겠어. 여자친구가 취했는데 들리질 않아!

나│ 니가 못 들면 나도 못 들지…--; 알았어.

올 것이 왔구나 싶었습니다.

사건 현장에 도착한 저는 친구와 여자친구를 번갈아 보았습니다.

완전 떡 실신해서 쓰러져 있는 친구의 여자친구나, 그 옆에 서서 울지도 웃지도 못 하고 있는 제 친구나 참으로 가관이었습니다. 옆에서 술집 아르바이트생들은 쳐다만 보고 있었습니다. 저는 창피해서 얼른 데리고 나가려고 여자친구를 친구와 함께 들어올렸습니다.

하나! 둘! 셋!

그러나 1초 후…

나ㅣ 야! 헤어져라. 이건 사람이 아니다. --;

친구ㅣ 어떡하지 --+

나ㅣ 안 되겠다. 술 좀 깨면 데려가든지.

하지만 여자친구는 아무리 기다려도 깨어날 생각을 하지 않았고, 결국 알바 다섯 명이 도와줘서 간신히 밖으로 데리고 나와 계단 앞에 앉혔습니다.

밖에 나와서도 일어날 기미가 없는 여자친구를 보자니 난감하기 그지없었습니다.

과연 이 덩치를 어떻게 집까지 들어다 옮길 것인가 …

그때 가만히 생각하던 친구녀석이 갑자기 어디론가 뛰어갔습니다.

그리고 잠시 후 리어카를 끌고 돌아왔습니다.

나 | 뭐야?

친구 | 동 사무소 앞에 보니까 리어카
　　　가 있더라구. ●

나 | --;

　저희는 사람들한테 도움을 요청해 간신히
여자친구 팔다리를 붙잡고 리어카에 태운 뒤
열심히 끌었습니다. 친구의 여자친구 집은 술집
에서 걸어서 40분 거리였습니다.

　눈이 펑펑 오던 그날, 친구는 리어카에 여자친구를 태우고 신나게
뛰어갔습니다. 친구는 어디가 그렇게 맘에 들었는지 그 여자친구와 아
직도 사귀고 있답니다.

 : 사랑의 힘이죠.

 : 아니, 알콜의 힘 아닐까요? 맨 정신으론 못 했을 거예요.

 ★ 사람은 가장 아끼는 사람이 곁에 있을 때 제일 용감해집니다.

친구가 세탁기에 빠진 날

글쓴이 | **익명**(cijiiu)

15년 전 제가 초등학교 4학년 때 일입니다.

부모님이 맞벌이를 하셔서 집이 비어 있다 보니, 학교가 끝나면 으레 친구들이 우리집으로 직행했지요. 지나가는 사람에게 물 뿌리기, 눈 가리고 찾기, 숨바꼭질 등 집 안에서 할 수 있는 놀이는 무궁무진했답니다.

그날은 친구 세 명과 집에서 숨바꼭질을 했어요.

술래가 경비실을 찍고 오기 전까지 숨는 건데, 제가 술래였죠.

전 경비실을 찍고 집에 막 들어섰는데 친구 A의 절규가 들렸습니다.

"살려줘~ 꺼내달란 말야~!"

놀라서 소리가 들리는 베란다로 가보니 A가 세탁기 안에 몸이 끼여서 나오지 못 하고 있었습니다. 우리는 A를 세탁기에서 구출하기 위해 힘을 합쳤습니다. 아무리 해도 빠지지 않자 잔머리왕인 제가 말했죠.

"옷을 벗기면 부피가 줄어서 나올 수 있을 거야."

A가 손을 들고 우리는 의자 위로 올라가 윗도리를 홀랑 벗기고 말았습니다. 하지만 옷조차 빠지지 않는 겁니다. 그래서 전 "세탁기에 물을 넣으면 미끌미끌해서 나오지 않을까?" 하는 의견을 냈고, 다른 방법이 떠오르지 않는 판국이라 친구들 모두 동의했습니다.

우리는 물을 부으려고 호스를 들이댔습니다. 그런데 호스 길이가 짧은 거예요. 그래서 호스 앞 부분을 누르면 물이 멀리 나가니까 앞 부분을 꾹 눌렀습니다. 그런데 이번엔 조준이 정확히 되지 않는 겁니다. 그래서 전 "야, 머리 좀 대봐. 머리에 맞아야 물이 안으로 들어 갈 거 아냐." 한참을 머리에 조준해서 물을 뿌리는데 친구가 하는 말,

　"야, 머리 뚫리겠다~ 아퍼~ 목으로 조준해."

　그렇게 머리와 목을 번갈아가며 조준해 물을 다 받았지만 역시 몸이 빠져나오지 않았습니다. 그때 또 다른 방법이 뇌리를 스쳤어요.

　"세제를 넣으면 미끌미끌하니까 빠지지 않을까?"

　말이 떨어지기 무섭게 우리는 세제를 붓기 시작했습니다. 하지만 역시 실패했습니다.

　그때 우리 어머니가 퇴근해서 집에 들어오셨습니다. 우리 꼴을 보고 황당한 표정을 짓던 어머니는 손이 미끌렸는지 그만 세탁기 작동 버튼을 누르셨습니다. 그러자 세탁기 통이 돌아가면서 친구가 같이 돌아가는 겁니다. 친구한텐 미안하지만 그 장면은 솔직히 웃겼습니다.

결국 어머니가 서비스센터에 전화를 하셨고, 세탁기를 살짝 분해한 후 친구가 나올 수 있었답니다. 어머니는 잠깐이었지만 실수로 A를 빨래로 만든 걸 아직도 미안해하고 계신답니다.

 : 세탁기에서 꺼낸 다음, 잘 헹궈서 빨랫줄에 널어 말려주셨나요?

 : 그 전에 빨래방망이로 두 들겨 맞았겠죠.

 ★ 어릴 때만 할 수 있는 실수가 있고, 어른이 되어야만 알 수 있는 지혜가 있습니다.

대구 아줌마와
스미스 아저씨

글쓴이 **이시준**(sijun81)

제가 안동으로 통학할 때 일이었습니다.

한 아주머니가 어눌한 대구 사투리에 불쌍한 차림으로 접근했습니다.

"학생~ 내가 집이 대군데, 돈이 없어서 못 가고 있어. 돈 천원만 빌려주게."

간절한 표정과 울먹이는 목소리가 안 돼 보여 선뜻 천원을 드렸습니다.

그런데 그 아주머니는 제게 돈을 받고서도 터미널로 들어오는 모든 사람들에게서 돈을 갈취하고 있었습니다. 친구 얘길 들어보니 터미널에서 유명한 분이라고 하더군요. 집이 근방인데 대구라고 거짓말하고 구걸하는 분이랍니다.

 : 터미널이 사업장이고 매일 출퇴근 하는 분들이죠.

 : 일종의 프리랜서?

그때 터미널에 반듯한 정장차림의 40대 초반 아저씨가 들어오고 있었습니다. 그분의 외모는 뭔가 남달랐는데, 뭐랄까 영화〈매트릭스〉의 스미스 요원과 흡사했습니다. 까만 정장차림에 선글라스를 착용하고 머리는 올백 스타일이었습니다.

여하튼 대구 아주머니는 좀전과 똑같이 울먹이는 목소리로 아저씨에게 접근했습니다.

"선생님~ 제가 집이 대군데 돈이 없어서 못 가고 있습니다. 돈 천원만 빌려주세요. 꼭 갚겠습니다."

저와 친구는 "또 하나 걸려들었군" 하고 생각했죠.

그런데 상황이 좀전과는 약간 다르게 전개되었습니다.

"아지매~ 집이 대군교. 지도 대구 사람이라예."

그 아저씨는 걸쭉한 대구 사투리로 고향 사람을 만나 반갑다며 선뜻 천원을 건네주었습니다.

아주 다정스럽게 이런저런 얘기를 하더니 잠시 한눈을 판 사이 아주머니와 스미스 요원은 어디론가 사라졌더군요. 친구와 저는 그 아저씨의 정체가 궁금해졌습니다. 그래서 그들의 행적을 찾아 헤매었고, 잠시 후 저희는 똥 씹은 표정으로 한숨을 쉬며 앉아 있는 대구 아주머니를 찾았습니다.

그 아주머니는 대구 직행버스의 운전석 옆에 앉아 똥 마려운 강아지마냥 어쩔 줄 몰라하고 있었습니다. 그리고 운전석에는 시커먼 선글라스의 스미스 아저씨가 운전대를 잡고 있었습니다.

그리고 버스는 홀연히 터미널을 떠나버렸습니다. 그 아주머니를 태운 채 말입니다.

그 뒤 며칠간 아주머니를 터미널에서 볼 수가 없었습니다.

언뜻 안동이 집인 아주머니가 대구에서 차비를 구걸하고 있다는 얘기도 들리는 것 같습니다.

 : 〈매트릭스 3〉에서 스미스 요원의 대사가 생각나네요.

"시작이 있으면 그 끝도 있다."

 : 우리의 스미스 아저씨가 마침표를 찍어주셨네요.

 ★ '임자 만났다'는 말이 있죠? 한자로 풀어보면 '임자壬子'의 '임壬'은 10개 천간天干 중 하나로 수水에 해당한다고 합니다. 수水는 숫자로는 1이래요. 물에서 생명이 시작되기 때문에 물을 제일 첫 번째로 보는 거죠. '자子'도 십이지지 중 첫 번째니까 수水에 해당하겠지요? 그래서 임자 만났다는 말은 '일등을 만났다' '제일 센 상대를 만났다'는 뜻이 된답니다.

한여름의 콘서트

글쓴이 **박제범**(ibpaul333)

2년 전 더운 여름에 있었던 일입니다.

친구네 집에 놀러 갔는데 그날따라 친구가 자장면이 먹고 싶다면서 자장면 두 그릇을 시켰습니다. 얼마 지나지 않아 알바생으로 보이는 젊은 친구가 배달을 왔습니다. 우리는 계산을 하고 주방으로 자리를 옮겨 자장면을 먹으려 하는데, 그 배달 온 젊은 친구가 거실에 있는 피아노를 바라보며

"저기 괜찮으시다면 피아노 한 곡 치고 가도 될까요?" 하는 겁니다.

저희는 뜻밖의 질문에 당황스럽기도 하고 웃기기도 했습니다.

"네? 피아노요? 네~ 그러세요."

그런데 그 친구 피아노가 아닌 화장실로 들어가는 것이었습니다. 그 모습에 의아해하고 있는데 배달원이 화장실을 나오면서 하는 말이 "더러운 손으로 칠 수가 없어서 손 좀 씻었습니다. 그럼 시작하겠습니다" 하는 겁니다. 마치 중요한 공연이라도 앞둔 사람 같았습니다.

드디어 그 친구가 피아노 덮개를 열고 연주하기 시작했습니다. 많이 듣던 멜로디. 연주 실력도 수준급이었습니다. 그런데 순간 저와 제 친구는 먹던 자장면을 푸핫! 하면서 입 밖으로 내뱉고 말았습니다. 그 배달원이 피아노 연주에 맞춰 노래를 하기 시작한 겁니다.

"♪~ 꿈속에 보는 화이트 크리스마스 또다시 돌아왔구나~ 방울소리 처량하게도 흰 눈 속을 썰매는 간다."

무더운 여름날 듣는 크리스마스 캐럴에다 피아노 연주를 서비스 하는 자장면 배달원에다 자장면을 먹으면서 감상하는 우리… 아이러니컬하면서도 왠지 흐뭇하지 않습니까?

그렇게 노래가 끝나고 배달원이 한마디 더 합니다. "저기… 피아노가 좋아서 그러는데 앵콜로 한곡 더 해도 될까요?"

제가 "다음 곡은 뭘 하실 건가요? 곡명을 알고 싶은데…" 하자 배달원이 주저 없이 말합니다.

"다음 곡은 스틸하트의 〈She's Gone〉입니다. 어려운 곡이죠."

그때 제 친구가 "그럼 같이 합주할래요?" 하면서 방에서 작은 기타앰프와 자신의 기타를 가지고 나오는 겁니다. 참고로 제 친구는 당시 유명한 음반사의 기타세션을 하기도 했고 기타를 친 지 20년이나 된 실력파랍니다.

그러면서 저보고 "제범아,
베이스 좀 쳐라" 하는 겁니다.

저도 얼결에 베이스를 들었죠. 그때
부터 저희 셋은 하나의 밴드가 돼서 열심
히 〈She's Gone〉을 연주했습니다.

노래 하이라이트인 Girl~ Girl~ Girl~ 하는 부분에서 그 배달원
친구는 올라가지도 않는 목소리를 쥐어짰습니다. 그 모습이 우습기도
했지만 그 열정 역시 읽을 수 있었기에 나오는 웃음을 참아가며 연주
를 마쳤습니다.

한여름이라 덥기도 했지만 서로들 얼마나 열심히 연주했던지 온몸
에 땀이 맺혔습니다. 저희가 하도 궁금해서 "혹시 음악하세요?" 물어
보니 "네, 뮤지션이 꿈입니다. 시간 날 때마다 연습해요. 열심히 해야
죠~" 하는데 그 모습이 어찌나 보기 좋던지요.

우리는 서로 좋아하는 밴드와 뮤지션 들을 이야기하면서 한창 달아
올라(?) 있는데 배달원의 휴대폰이 울립니다. 전화를 받자마자 상대방
은 큰 소리로 호통을 칩니다.

"야 임마! 너 언제 갔는데 아직도 안 와! 혹시 그 집에 피아노 있냐?

피아노 치는겨? 얼른 와. 배달 밀렸어! 삼촌이 그렇게 말했는데도 피아노 있는 집만 가면 함흥차사냐, 자슥아! 후딱 들어와! 얼른!"

삼촌 전화를 받고 급하게 뛰어나가던 친구를 잡고 말했습니다.

"저희 자장면 다 불어서 이젠 못 먹으니까 그릇 가져가요. 하하~"

그 친구 "네네" 하며 그릇을 챙겨 문 밖으로 나가면서 한마디 하더군요.

"자주 좀 시켜주세요! 쿠폰 많이 드릴게요. 다음엔 삼촌하고 같이 올게요. 삼촌은 드러머거든요."

그 친구가 간 후 저와 제 친구는 꿈을 꾼 듯한 느낌을 받았습니다.

참 재밌는 경험이었습니다.

 : 무슨 일이든 천번을 반복하면 신이 힘을 빌려준다고 하잖아요.
몇 년 후에 이 얘기를 어느 토크 프로그램에서
유명 뮤지션의 회고담으로 들을 수 있길 빕니다.

 : 꿈은 이루어진다! Dreams come true!

 ★ 날기 위해서는 땅에 서는 것부터 배워야 합니다.
꿈을 이룬 사람들은 모두 맨땅에서 시작했습니다.

때 아닌 탭댄스

글쓴이 **한정훈**(gkswjdgnsl)

얼마 전 여자친구와 인사동에 가려고 지하철을 탔습니다.

한참을 가는데 키가 190은 족히 넘을 외국인이 타더니 저희 앞에 두 다리를 쭉 펴고 앉았더군요. 덩치도 큰 사람이 다리를 앞으로 쭉 펴고 앉아 있으니 오가는 사람들이 그 다리에 걸려 넘어질까 불안했습니다.

그렇게 한 5분쯤 지났을까. 바티칸 교황의 머리 스타일을 한 검은 코트의 아저씨가 저희 앞을 지나가다 외국인의 다리 앞에서 떡하니 멈추더군요. 이내 그 아저씨가 외국인한테 말을 걸었습니다. "헤이! 쏼라~쏼라~" 유창한 영어솜씨를 뽐내며 연신 외국인한테 따지듯 말을 했습니다.

그런데 외국인은 왜 그러냐는 듯이 "와이? 와이?" 양팔을 휘저으며 대꾸했습니다. 아저씨는 외국인이 다리를 쭉 펴고 앉아 있어 다른 사람들이 불편하니 좀 오므리라고 했겠지요. 그런데 외국인의 태도가 전혀 달라지지 않자, 아저씨의 언성이 높아지기 시작했습니다. 급기야 아저씨는 외국인에게 큰 소리로 "게라웃!"을 외치기 시작했습니다.

"게라웃! 게라웃! 게라웃!"

외국인은 이에 반항하듯 다리를 더 쭉 펴며 "노노!" "노노!" 하고 외쳤습니다. 연신 다리를 오므렸다 폈다 하면서 말이죠. 아저씨는 화가

머리끝까지 나서 욕설을 퍼붓기 시작했죠.

외국인은 들은 체도 하지 않았습니다. 그러자 아저씨는 외국인의 발을 사정없이 밟아버렸습니다. 그 순간 미동도 하지 않던 외국인이 벌떡 일어서서 아저씨한테 성큼성큼 다가왔습니다. 저는 '아, 큰 싸움이 벌어지겠구나' 생각했습니다. 그런데 아저씨에게 다가간 외국인은 아저씨 어깨를 잡고는 정말 유치하게도 아저씨가 밟은 발을 똑같이 밟는 게 아닙니까.

그때부터 아저씨와 외국인은 서로의 발을 밟기 위해서 춤을 추기 시작했습니다. 때 아닌 탭댄스가 시작된 거죠.

한창 무르익을 무렵 어디선가 외판원이 등장했습니다.

한쪽에선 신발 깔창을 팔고 한쪽에선 외국인과 아저씨가 먹살을 잡아가며 연신 탭댄스를 추고⋯ 한순간 지하철은 난장판이 되었습니다.

그날은 평생 잊지 못 할 것 같네요.^^

: 사람들이 응원을 좀 해주지 그러셨어요.
"오~필승 코리아~ 오~필승 코리아~"

 : 그때 외판원 아저씨가 2대8 가리마를 하고
빨간 깔창을 들고 외치는 거죠. "게라웃!"

 ★ 즐겁지 않다면 춤이 아닙니다. 설레지 않는다면 꿈이 아닙니다. 멈출 수 있다면 사랑이 아닙니다.

초미니 콘서트홀

우리 오빠는 살짝쿵 박치에다 몸치입니다.

하지만 노래 부르는 것을 좋아하고 잘 부르고 싶은 마음에 오디션 나갈 사람마냥 엄청 열심히 시도 때도 없이 입을 뻥긋거립니다. 노래를 안 부르는 시간은 세수할 때랑, 밥 먹을 때 정도일 거예요. 샤워를 할 때도, 심지어 변기에 앉아 볼일을 볼 때도 입은 노래의 날개 위에 있답니다.

어떨 땐 창문을 열고 부르는 만행을 저지르기도 합니다. 사실 동네 망신이지요. 우리 가족들조차 오빠가 노래 부르는 것을 무진장 싫어하는데요. 그래서 매일같이 짜증을 내고 구박합니다. 그러면 오빤 집에서 노래도 맘대로 못 부르냐고 난리입니다.

노래나 잘하면 누가 말리겠습니까. 하지만 올라가지도 않는 음을 목에 핏줄 세워가며, 늑대 울음 짖듯 고개를 쳐들고 얼굴에 각이 지도록 부르니 듣는 사람에겐 고역이지요.

그러던 어느 날이었습니다.

♪♬ "쉬즈 곤~~~ 띠리리~~~ 아알~~라~~ 붕~"
♪♬ "어디선가 너의 목소리가~ 들려~~~"

그날따라 오빠의 목소리가 희한하게 작게 들려오더라구요.

웬일인가 싶어 이방저방 다 왔다갔다 했는데도 오빠가 보이지 않았습니다. 창문 밑으로도 내려다보고 화장실도 가보고 엄마한테 오빠의 행방을 물어보기도 했습니다. 그런데 소리만 들려오고 오빠는 보이질 않는 겁니다.

그러다 장롱 근처에서 노래 소리가 들린다는 것을 알았습니다. 장롱 문을 확 열어보았죠. 뜨악!

오빠는 이불을 개켜 넣은 장롱 안에서 노래를 부르고 있었습니다!

장롱에 이불 넣는 칸은 2층으로 나눠져 있는데, 오빤 위 칸에 쭈그리고 앉아 베개를 껴안고 노래를 부르고 있더군요.

장롱 가수를 소개 하겠습니다

오빠에게 당황한 기색은 눈꼽만큼도 없었었지요. 아무렇지도 않은 듯 계속 노래를 이어가더군요.

"쉬즈 곤 워~ 어어어어~ 어어어~"

제일 높은 부분이었지요. 전 그냥 말없이 문을 닫아주었습니다. 오빠 그렇게 어두컴컴한 장롱 속에서 노래를 죽 이어갔습니다. 제 짜증을 못 이겨 결국엔 장롱에까지 들어간 오빠의 열정을 누가 말리겠습니까.

 : 어릴 때 생각이 나네요. 그땐 장롱이 안방도 되고, 궁전도 되고, 침대도 되고, 아지트도 됐었잖아요.

 : 저한테는 은행이 되기도 했습니다. 어머니들은 왜 돈을 이불 속에 숨겨놓나 몰라요?

 ★ 잘하는 일보다는 좋아하는 일을 하는 게 좋아요. 한순간의 승리보다는 진정으로 위대해지자! -모닝구 무스메의 노래 〈愛あらば It's All Right〉 중에서

다음엔 음성변조도 부탁해요

글쓴이 **김유리**(als16840)

중학교 3학년 이맘때쯤, 방과후에 친구에게 전화가 왔습니다.

"이따 9시에 XX초등학교로 나와! 그냥 나와서 서 있어주기만 하면 돼. 만원 줄게!"

전 이게 웬 횡재인가 싶어 나갔죠. 그런데 그 초등학교 운동장에서 제 친구들이 모여 한 명을 집중적으로 때리고 있는 겁니다. 전 찝찝했습니다. 그런데 동네주민이 그 광경을 목격하고 신고를 했는지 제 옆으로 경찰과 지역방송 기자가 들이닥쳤습니다. 설상가상으로 기자가 저에게 마이크까지 들이대는 겁니다.

전 그때 육상선수였는데, 땡땡이를 치려고 담을 타다가 다쳐 다리 깁스를 한 상태라 도망칠 수가 없었습니다. 덩치가 컸던 탓에 그 기자가 저를 일진으로 본 것 같아요.

전 해명했습니다.

"전 안 때렸어요. 친구가 그냥 서 있으라고 해서 진짜 그냥 서 있기만 했어요. 믿어주세요."

경찰은 옆에서 "웃기고 있네!" 하며 절 비웃었죠.

친구야~
만원 줘

야이~지지배 너, 분위기 파악도 못하니?

결국 저는 경찰서 가서 반성문 쓰고 조사받고 집에 갔습니다.

며칠 뒤 아빠와 거실에서 귤 까먹으면서 TV를 보고 있었습니다.

그때였습니다. 뉴스에서 여학생들의 학교 폭력 심각성 어쩌고저쩌고 하는 소리가 들렸습니다. 우리 아빠는 선생님이셨습니다.

아빠 | 쯧쯧… 저저저… 저 봐라. 저게 뭐니? 부모가 어떻게 교육시킨 거야! 여학생들이 세상에… 말세야 말세…

나 | 그러게~ 왜 저러고 노냐~ 정말 창피하게~

그때였습니다. 모자이크로 처리된 얼굴 그리고 들려오는 목소리~

"전 안 때렸어요. 친구가 그냥 서 있으라고 해서 진짜 그냥 서 있기만 했어요. 믿어주세요."

전 유심히 봤습니다. 아빠도 유심히 봤습니다. 그리고 한마디 하셨습니다.

"저거 너냐?"

전 아빠의 눈치를 살피고 제 방으로 뛰어들어 갔습니다.

"너 이 가시나! 좋은 말 할 때 이리로 안 와! 저게 집안 망신을~ 당

장 이리 안 와!"

된장… 모자이크 처리하면 뭐합니까~ 내가 봐도 난데…

전 그날 밤 아빠한테 죽지 않을 만큼 맞았습니다.

아, 그리고 이건 절대 익명으로 해주세요.

: 아~ 익명으로 해달라는 얘기는 맨 앞에 해주셔야죠, 김유리 씨. 이름을 밝히지 말아달라는 얘기는 꼭 앞에 써주세요, 김유리 씨. 이건 우리 잘못이 절대 아닙니다. 김유리 씨가 잘못한 거예요.

: 그때 그 모자이크는 김유리 씨였다는 거… 결국 두 번 방송 타셨네요. 김유리 씨.

★ 어느 포털사이트에 누가 이런 질문을 올렸더라구요. '친하다는 말의 기준은 뭘까요? 어느 정도 친해야 친하다고 할 수 있을까요?' 여기에 많은 답변이 올라왔는데, 그 중 질문자가 선택한 답변은 이거였습니다. '굳이 객관적인 기준을 세워보자면 이런 거 아닐까요? ①거리낌 없이 나의 단점이나 어려움을 얘기할 수 있는가? ②함께 있으면 기분이 좋은가? ③오랫동안 연락이 없다면 불안한가? ④슬픔을 같이 고민하고 나눌 수 있는가? ⑤그 사람의 단점을 감싸줄 수 있는가? ⑥그 사람에게 진심어린 충고를 해줄 수 있는가?' 어떠세요? 여러분은 그런 친한 친구가 몇이나 있으세요?

청순한 나의 코털

글쓴이 **정은희**(yumirose1)

저는 샤방샤방 청순한 여대생 Y라고 해요.

음악을 전공하고 있고, 같은 과에 500일 넘게 만난 남친이 있죠. 저희는 좀 많이 싸우는 편이에요. 일주일에 다섯 번 이상 싸우다 보니 이틀 안 싸우면 불안하다고나 할까.

그만큼 애정이 식지 않았다는 증거라고 생각하고 있어요. ^^

오늘은 지금까지 있었던 숱한 싸움 중에 가장 민망했던 걸 얘기하려구요.

저와 남자친구는 데이트를 하다가 아이스크림 가게에서 오랜만에 진지한 대화를 하고 있었어요.

"오빠! 우리 앞으로 말이야…."

그런데 남자친구가 말없이 계속 킥킥대는 거예요.

"오빠! 내 말 좀 들어봐. 우리…."

또 킥킥킥킥… 이렇게 너댓 번 정도 제 말을 끊고 웃기에 저는 화를 내며 말했죠.

"야! 너는 내가 진지하게 우리 200일 파티에 대해서 얘기해보자는데 지금 뭐하는 짓이냐?"

그러자 남자친구가 불쑥 이러는 거예요. 사람들 많은 데서 말이에요.

우하하

"ㅋㅋ 야! 너 코털 삐져나왔어. ㅋㅋ"

저는 순간 화가 나서 "나 간다!" 하고 가방을 들고 씩씩거리면서 일어났는데 글쎄 남친이 "왼쪽이다 ^_^" 이러는 거예요.

버스 정류장이 가게 왼쪽에 있다는 그의 한마디.

저는 완전 폭발해서 진짜 헤어질 각오로 뛰쳐나왔죠.

'아, 이 남자 변했구나. 옛날엔 내 말이면 꿈뻑 죽고 내가 화내면 자존심 다 버리고 사과하더니 내 코털 보고 정 떨어졌나?'

왠지 슬퍼졌습니다. 버스를 타고 집으로 가고 있는데 띵 전화가 왔어요.

남자친구 | 야, 너 뭐하는 짓이냐?

나 | 너랑 할 말 없어!(뚝)

그 후 수십 통의 문자가 왔죠. 다시 시내에 안 나오면 우리집에 쳐들어온다는 문자… 결국 다시 만나서 얘기했어요.

우리 헤어져!

나 | 너 버스 정류장까지 친절하게 알려주더니만… 왜?

남자친구 | 내가 언제! 나 그런 말 한 적 없어! 너야말로 화장실 간다더니
　　　　 갑자기 왜 집에 갔나?

나 | 니가 열받게 해서 나 간다고 말했잖아!

남자친구 | 코털 뽑으러 화장실 간 거 아니었어 ?

그렇습니다. 남자친구가 말했던 왼쪽은 버스 정류장의 위치가 아니라 코털의 위치였던 거예요.

남자친구는 그러더군요. 코털 땜에 정 떨어지기는커녕 완벽한 저한테서 인간미를 느꼈다구요. 역시 저는 사랑스럽나봐요. 그 이후로 코털이 보이면 서로 뽑아주고 급할 땐 그냥 안으로 밀어넣어 주며 잘 지내고 있답니다.

 : 다음엔 방귀를 터 보세요. 한결 가깝게 느껴지실 겁니다.

 ★ 사랑하세요? 그럼 의심하지 마세요
의심하세요? 그럼 사랑하지 마세요

무리해서 생긴 일

0203 ★ 무리해서 테크노 추다가 머리카락으로 옆에서 춤추던 사람 뺨 사정없이 때렸어요.

3475 ★ 테크노댄스 유행일 때 미친 듯이 추다가 코피 터졌는데 그거 몰라서 주변에 코피 날렸어요.

3289 ★ 축구하다 너무 세게 슛을 해서 무릎이 빠졌어요.ㅠㅠ

5619 ★ 무리해서 청바지 딱 맞는 거 입었다가 택시 타면서 완전 쫙 찢어져 바로 내렸어요.

5513 ★ 돈 안 쓰려고 집에서 한 달째 안 나가고 있는데 가스비 전기료에 밥값이 더 나왔어요.

1522 ★ 양치질하다가 이 빠졌어요. 차인표 씨 분노의 양치질 따라하다가… 금으로 씌웠어요.

4605 ★ 아빠 친구분 골프 치시다가 스윙을 너무 심하게 해서 갈비뼈가 부러졌어요.

3970 ★ 아빠가 오랜만에 집안일 거들어준다고 하면서 샴푸 리필하셨는데 알고 보니 울샴푸로 리필했어요. 섬유유연제로 5일이나 머리감고… ㅠㅠ

0522 ★ 기름 불 들어오고 얼마나 갈 수 있을까 내기해서 무리해서 달리다가 고속도로에서 섰어요. ㅠㅠ 주유등 들어오면 꼭 기름 넣으세요.

3881 ★ 제 친척 형은 밤에 너무 무리해서 지금 애가 다섯이에요.ㅋㅋ

3810 ★ 며칠 변비로 고생하다 왠지 오늘은 성공할 것 같아 무리하게 힘을 줬는데 직장동료가 들어와서는 어떡해 화장실 터졌나봐~ 이러네요. 저 어떻게 나가죠?

9221 ★ 버스에서 임산부 있기에 자리 양보했는데 앉더니 혼잣말로 '나보고 죽으라는 거지' 했어요. 임산부 아니었나봐요.

2697 ★ 친구 커플 작년 크리스마스에 좋다고 청계천에서 동대문까지 걷다가 친구 발가락 동상 걸렸어요.ㅋㅋ

0908 ★ 엄마가 저 혼내시며, 도망가는 저를 무리하게 쫓아오시다 넘어져서 기절했어요.

5931 ★ 결혼식 앞두고 살 뺀다고 마사지 심하게 받아서 그 멍 화장으로 지우느라… 어휴

8438 ★ 화장실에서 무리하게 힘줘서 치질수술 네 번이나 했어요. 힘주는 습관 때문에…

3216 ★ 시험기간에 무리하게 날 새면서 공부하다가 잠깐 잔다는 게 일어나니까 9시였어요. 시험은 8시인데 말이죠.

3268 ★ 태권도 3단인 여친에게 여자가 태권도 해봤자지 하고 덤볐다가 돌려차기에 맞아 기절했어요.

8050 ★ 버스가 갑자기 급정거해서 앞의 의자 잡는다는 게 앞사람 머릴 밀어버렸네요.

2287 ★ 남자친구가 방귀 뀌지 말래서 참았더니 이틀 동안 방귀를 못 껴요.ㅠㅠ 어쩌죠?

5208 ★ 친구 애 돌잔치 하는데 정준하 씨가 왔어요. 정준하 씨 국수 먹기 내기하다가 국수가 코로 나왔어요.

4647 ★ 교수님께 무리해서 C+학점이 B 아니냐고 확인해달라고 다섯 번 부탁하다가 F 받았어요.

다행이다

2056 ★ 엘리베이터에서 방귀 꼈는데 옆 사람이 미안하다고 먼저 말했어요. 동시에 꼈나봐요. 다행이다.

4371 ★ 엄마가 아끼는 화분을 아작 냈는데 옆에 있던 고양이 쭈쭈가 했다고 그랬어요. 고양이가 있어 다행이다.

6114 ★ 집사람 코를 깨물었는데 실리콘이라 안 아프대요. 세게 물었는데 다행이죠. ㅎㅎ

1194 ★ 지원했던 회사 면접에서 떨어졌는데 알고 보니 다단계 회사래요. 얼굴 못난 게 이렇게 고마울 줄이야… ㅡㅡ;

9873 ★ 훈련받다가 배가 아파 볼일 보려다가 참았는데 볼일 본 사람 말이 엉덩이가 울퉁불퉁해질 정도로 모기에 물렸다고 하더라구요. 참아서 다행이다.

3324 ★ 셋째 임신 때 병원에서 위험하다고 지우라 했는데 끝까지 버텨 예쁜 딸 얻었어요.

3655 ★ 살 빼고 입어야지 생각으로 옷 사려다 안 산 게 다행이다? 살 엄청 쪘어요.

9091 ★ 오늘 아침 10시에 딸 낳았는데 나 말고 엄마 닮아서 천만다행이다.

7594 ★ 승진 안 시켜줘서 따지러 갈까 하다 참았는데 다음날 불러서 승진시켜주셨어요.

7232 ★ 어느 날 우연히 라디오를 틀었는데 컬투쇼를 듣게 돼서 정말 다행입니다. ^^

8617 ★ 5개월 전 친구가 계 하자고 할 때 고민하다 안 했는데 계주가 도망갔대요.

5848 ★ 20살에 고백했다가 차인 오빠를 6년 만에 봤어요. 27살인데 대머리가 됐어요.

9100 ★ 15년 전에 죽으려고 쥐약 사가지고 왔는데 먹으려고 보니 끈끈이 쥐약이었다. 지금 이렇게 행복하게 살 수 있어 다행이다.

4053 ★ 남은 우유 내가 먹으려다 누나가 먹고 싶다 해서 줬는데 상한 거였어요. 누나 배탈 나서 화장실에서 몇 시간째 있어요. 누나가 먹어서 다행이다. ㅡㅡ;

4581 ★ 원형 탈모를 어제 발견했어요. 퍼지기 전에 발견해서 얼마나 다행인지…

4073 ★ 아내에게 서랍에 숨겨둔 비상금 5만원 걸렸어요. 다행히 책꽂이에 있는 10만원은 무사해요!

9651 ★ 모임에서 집에 갈까말까 고민하다가 조금만 더 놀아야지 하는 마음에 있었는데 좋아하던 사람한테 고백받았어요. ^^

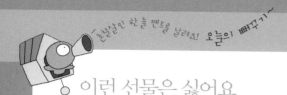

초간단! 한 줄 멘트를 날려요! 오늘의 빠구기~

이런 선물은 싫어요

4138 ★ 내 나이 22살! 생일에 문구세트를 선물받았다. 공부에 손 뗀 지 십년 째데 어쩌란 것인가.

6435 ★ 우리집 정육점 하는데 갈비 들어와서 다시 되팔았어요.

1029 ★ 생일선물로 벨트 사달랬더니 어디서 챔피언 벨트 사왔어요.

8406 ★ 겨드랑이 땀 많은데 자꾸 색깔 티 선물… 안 고마워!

7000 ★ 생일날 친구가 영계를 준다기에 기대하고 있었는데 진짜 영계(생닭) 선물했어요.

8743 ★ 친구가 코팅도 안 하고 네잎클로버를 준 거 있죠. 결국 찢어졌습니다. 줄 거면 코팅해서 주던가!

6206 ★ 샤워용품세트 정말 안 반가워요. 전 잘 안 씻는데… 차라리 참치캔 세트가 나아요.

7477 ★ 얼마 전 생일인데 친구란 놈들에게 선물 달라 하니까, "내 마음" 이러네요.

3950 ★ 친구가 생일선물로 색칠공부 책을 줬어요. 전 결혼도 안 한 27살인데요.

7856 ★ 음주운전으로 면허취소 먹었는데 핸들커버 선물받았어요.

6536 ★ 순대 좋아한다고 남자친구가 작년에 시장에서 순대를 사왔더라구요. 2미터는 먹었나봐요.

0778 ★ 내가 생일선물로 준 거 다시 내게 돌아올 때

5185 ★ 제주도 사는 제게 경품으로 제주도 여행권을 줬어요.

7055 ★ 개구리 싫어하는데 남친이 개구리 암수컷 키우라고 선물로 줬어요.

4438 ★ 군인이라 국방색 싫은데 여자친구가 그 색이 어울린다고 국방색 목도리 선물했을 때

6492 ★ 뱀이요. 친구가 파충류를 키우는데 뱀이 알 낳았다고 줬어요.

6542 ★ 필요도 없는 액자 선물 진짜 싫어요.

1677 ★ 차를 선물로 받았다. 유지비도 없는데…

4647 ★ 다이어리 선물이요! 남자라서 그런 거 쓰기 귀찮고 정리도 안 하는데… 버리긴 아깝고 짐만 되고요.

1582 ★ 무서운 표정의 인형과 문제집이요. 받기 싫어요.

출발살인 한 줄 멘트를 날려요! 오늘의 뻐꾸기~

이럴 때 마음이 급해진다

6014 ★ 시험 끝나기 10분 전 예비종이 울릴 때

1244 ★ 남자친구가 집 앞이라고 잠깐 보자면서 전화할 때

0578 ★ 전철표 통과시키고 있는데 전철 들어오는 소리 날 때

1880 ★ 한 시간 동안 소변 참고 버스 타고 집에 갔는데 열쇠 안 찾아질 때

2616 ★ 타야 할 버스 정류장에 버스가 오고 있는데 신호등 안 바뀔 때

9182 ★ 홈쇼핑에서 마감 몇 분 안 남았다고 할 때

0803 ★ 밤에 기숙사에서 치킨 시켰는데 기숙사 문 닫는 시간 거의 다 돼갈 때

1288 ★ 축구 한일전에서 후반전 다 끝나가는데 1대0으로 지고 있을 때

8742 ★ 정류장에 버스 왔는데 거스름돈 빨리 안 거슬러주실 때

3879 ★ 삼겹살 아직 익기 전인데 다른 사람들이 젓가락질해서 먹을 때나, 마음 급해서 먹다가 입 델 때

2773 ★ 늦잠 자서 버스 겨우 잡아탔는데 그날따라 안전운행 할 때

4187 ★ 약속시간 늦었는데 버스 기사가 맞은편 버스 기사와 창문 열고 여유 있게 이야기할 때

고마워요, 미안해요, 사랑해요

5844 ★ 엄마! 나 이제 군대 가는데 가기 전에 효도한 것도 없어서 죄송해요.

2453 ★ 9개월간 백수로 지냈는데 밖에서 기죽지 말라며 용돈도 주고 맛난 거 해주신 엄마, 고맙고 사랑해요.

8291 ★ 이름 모르는 불치병을 이기신 아버지, 사랑하고 고맙습니다. 아들이 효도할게요.

5987 ★ 크리스마스이브에 이별을 고한 너지만 함께한 지난 7년 정말 행복했고 고마웠다.

2937 ★ 아르바이트 하면서 깨달았어요. 일하는 게 힘들다는 걸… 아버지 정말 감사합니다.

7767 ★ 동생아, 차 긁힌 거 있잖아. 그거 내가 못으로 긁히나 시험해보나 그랬어. 미안해.

5397 ★ 9월에 결혼했는데 어제 엄마한테 전화왔어요. "딸 잘 살아? 전화 좀 해라." 엄마 미안하고 사랑해요. 전화할게요.

5564 ★ 헬스클럽 샤워실에서 등 때 밀어달라는 사람이 있기에 성질나서 피나게 밀었어요. 아저씨 미안해요.

7265 ★ 같은 사무실에 있어서 고백도 못 하고 바라보기만 하지만요, 존재만으로도 고마워요.

2245 ★ 여보야, 미안해. 출장 자주 가서… 사실은 술 먹고 외박하는 건데… 한번은 얘기해야 할 것 같아서… 미안해.

8702 ★ 신랑! 나 때문에 주부습진도 다 걸리고… 고맙고 사랑해~ 건강하고 예쁘게 사랑하자.

8223 ★ 헤어지는 날, 확률 없는 로또 같은 놈이라며 떠나면서 사준 로또… 2등 돼서 차 바꿨어. 고마워~

6640 ★ 헤어지자 했는데 집착해서 미안했어요.

9109 ★ 두호야, 화장실 큰일 볼 때 휴지 불 붙여 던진 거 솔직히 나야. 또 겨드랑이 털에 껌 붙인 거 미안해.

9198 ★ 알바 공장 사장님, 미안해요. 완제품 검사하다가 귀찮아서 제대로 안 했어요.

3220 ★ 예쁜 아이 선물 해준 당신이 정말 예쁘고 사랑스러워요. 당신의 영원한 동반자가…

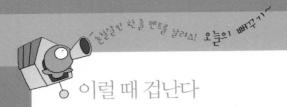

이럴 때 겁난다

8345 ★ 엄마가 저 쳐다보면서 갑자기 씨익 하고 웃으실 때 무서워요.

5557 ★ 와이프가 샤워하고 나왔을 때

9333 ★ 유치원 교사거든요. 우리 반 애가 다른 반 선생님을 더 따를 때 겁나요. 그 아이가 집에 가서 그 선생님이 좋다고 할까 봐요.

4070 ★ 회사에서 방귀 꼈는데 상사가 내게로 오고 있을 때 정말 무섭죠.

5505 ★ 평소 담배 안 피는 여자친구가 담배 한 대 물면서 "얘기 좀 하자" 할 때

5465 ★ 집에 들어왔는데 아내가 정전도 아닌데 집에 촛불 켜놓고 절 기다리고 있을 때

8617 ★ 월급날은 20여 일 남았는데 쌀이랑 라면이 떨어져 갈 때

2453 ★ 공부한다고 거짓말하고 여자친구 몰래 클럽 갔는데 여자친구의 친구 봤을 때

3293 ★ 빨간 비디오 보다가 고장났는데 아빠가 고친다고 가져갔을 때

0921 ★ 엄마가 심하게 혼내다가 전화 받자 목소리 변할 때

1845 ★ 필름 끊긴 다음날 전화기 봤을 때. 쌓여 있는 통화목록을 봐도 기억이 안 나요.

6979 ★ 혼나는 꿈을 꾸었는데 며칠 후 눈앞에서 똑같은 일이 벌어지고 있을 때

5013 ★ 열 감기에 열 경기하는 아들 보면 겁나요.

0140 ★ 성형하기 전 사진을 남자친구가 발견했을 때

앗! 나의 실수

1561 ★ 현금지급기에서 50만원 인출했는데 돈은 안 가져오고 카드만 챙겨 나왔어요.

7480 ★ 칫솔에 치약 대신 클렌징 폼을 짜버린 거 있죠. 닦다가 입에서 거품이~

7469 ★ 연하장을 보내면서 보내는 사람, 받는 사람을 바꿔 썼어요. 어쩐지 편지가 많이 왔더라~

2003 ★ 제 친구는 버스카드를 두 번 찍으면서 "2인분이요" 했어요.

1997 ★ 여친이랑 밤에 통화하다가 잠결에 옛 여친 이름 불렀어요.

8577 ★ 라면 끓이려는데 라면은 쓰레기통에 버리고 봉지만 손에 들고 있네요.

5759 ★ 엄마한테 혼나면서 몰래 MP3 듣다가 나도 모르게 노래를 불렀습니다.

3542 ★ 제주도공항에서 귤 사느라 비행기 놓쳤어요. 대기석에서 네 시간 기다렸다가 겨우 비행기 타고 왔어요.

3729 ★ 책 반납하러 20분 걸어서 도서관 갔는데 책을 안 가져왔어요.

4519 ★ 딸기잼인 줄 알고 식빵에 발라먹었는데 알고 보니 고추장이었어요.

4523 ★ 시아빠께서 옷을 멋지게 차려입으셔서 "야~" 환호했는데 시아빠는 반말한 줄 알고 놀라셨어요.

1444 ★ 보너스 70만원 받은 줄 알고 10만원 수표 남친한테 선물로 줬는데 100만원짜리가 갔어요.

2426 ★ 일하며 열심히 걸어가다가 너무 팔을 크게 흔들어서 뒤에 오는 남직원 중요 부위를 팍 쳤어요. 전 여자예요.

7765 ★ 장난전화가 계속 오기에 받자마자 "너 어디서 수작이야" 버럭 소리 질렀는데 큰아이 담임 선생님이에요.

2283 ★ 인큐베이터를 컨테이너 박스라고 말한 적이 있어요.

2754 ★ 미니홈피에서 친구의 친구 사진을 자주 보다가 길거리에서 그 사람 보고 아는 척했어요.

7254 ★ 비 오고 추운 날 멀리 피자배달을 갔는데 통을 열었더니 피자가 없네요.

1914 ★ 개인레슨 하러 간 집 이불 속에 숨어 있는 아이를 덮쳤는데 낑낑대며 나온 건 아이의 엄마!

2552 ★ 노래방 갔다가 들고 간 책 가져온다는 게 노래방책 들고 나왔어요.

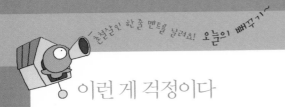

출발점인 한 줄 멘트를 날려요! 오늘의 빼꾸기~

이런 게 걱정이다

7178 ★ 갑자기 비가 올 때면 널어놓은 빨래가 걱정돼서 집으로 달려갑니다. 전 열 살인데요.

8250 ★ 내 인생에 중요한 시험이 다음달에 있는데요. 자꾸 외운 걸 까먹어요.

6138 ★ 남편한테 돈 없다고 하고 제 청바지 샀는데 회사에 숨겨놨어요. 어떻게 집에 가져가죠?

3855 ★ 야한 비디오 연체했는데 잊어먹고 반납 안 했네요. 독촉전화 어머님이 받으실까 걱정입니다.

2524 ★ 꿈에서 어떤 잘못을 했는데 군대서 30년 있으라는 벌이 내려졌습니다. 군대 다시 갈까봐 걱정입니다.

4472 ★ 남자친구 혹한기 훈련 갔어요. 정말 추워진다는데 걱정이에요. 힘내, 이상병!

1522 ★ 매일 코를 파니까 콧구멍이 자꾸만 커져요. 걱정돼요. 입보다 콧구멍이 커질까봐…

0128 ★ 짝사랑하던 사람한테 고백문자 대신에 친구한테 보낼 욕을 보냈어요.

9095 ★ 제가 음식이라곤 계란밥 하나 할 줄 아는데 결혼하고 시아부지 첫 생신이라고 음식하래요.

0146 ★ 지구 온난화 때문에 요즘 잠이 안 와요.

4659 ★ 태어나 처음으로 혼자 어린이집에 가는 올해 네 살 된 우리 딸~ 많이 울까봐 걱정.

0723 ★ 세탁한 남편 팬티가 안 말라서 제 팬티를 입혀서 내보내면서 "괜찮아 괜찮아" 했는데 살짝 걱정되네요.

6351 ★ 제 딸이 초등학교에 가는데 저랑 꼭 닮아서 걱정입니다. 참고로 제 별명은 홍록기입니다.

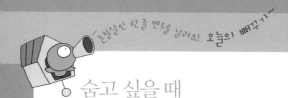

친절상인 한 줄 멘트를 날려요! 오늘의 뻐꾸기~

숨고 싶을 때

4394 ★ 나 좋아하는 줄 알고 사귀자고 했는데 자기는 아니라고 했을 때

2006 ★ 버스 끝에서 반대쪽 끝까지 굴렀을 때

3222 ★ 추운데 뛰어가다가 발이 시렵기에 봤더니 구두가 보도블럭에 껴서 저 뒤에 있어요.

5011 ★ 내 친구인 줄 알고 등을 때렸는데 아닐 때

1779 ★ 술 잔뜩 취해 무도회장 가서 반쯤 미친 듯이 놀다가 중간에 술 깼을 때

6009 ★ 아빠가 술 마시고 집에 왔을 때요. 한 얘기 또 하고 또 하고~ 잠을 잘 수가 없어요.

1520 ★ 아침에 버스에서 아저씨한테 안 세워준다고 화냈는데 알고 보니 벨을 안 눌렀어요.

9596 ★ 남자친구한데 아픈 척하며 입맛 없다 했는데 트림하고선 마늘 냄새 날 때

0251 ★ 추리닝 입고 새벽에 편의점에 갔는데 바지를 보니 내복이었어요.

8530 ★ 술 먹고 샤워하다 비누 밟고 넘어져 알몸으로 기절한 적 있습니다. 엄마가 깨워줬는데 어찌나 숨고 싶던지…

8291 ★ 아버지가 들어와서 야동 보고 있던 모니터를 껐는데 스피커로 소리 나올 때

3969 ★ 멋쩍어서 전화하는 척했는데 진짜 전화 걸려올 때

6392 ★ 와이프가 목욕하고 상냥한 목소리로 여보~ 할 때

8707 ★ "선생님 오신다" 앞문으로 소리 지르면서 들어갔는데 옆 반이었어요.

1674 ★ 안 씻고 아무거나 입고 목욕탕 가는 길. 멋지게 꾸미고 가는 옛 여자친구와 그녀의 남친이 옆에 지나갈 때

1476 ★ 도서관에서 엎드려 잤는데 나도 모르게 방귀가 "뿡". 엎드린 채 세 시간 있었어요.

3537 ★ 교실에 혼자 있을 때 심심해서 물구나무서기 하다 균형 잃고 넘어졌을 때. 아무도 못 봤는데 숨어요.

7418 ★ 회사에 거짓말하고 방송국 공개방송 갔는데 화면에 내 얼굴이 대문짝만 하게 잡혔을 때

2009 ★ 장인어른께 큰절 드리다가 뒤에서 큰 소리로 방귀 뀌고 그 냄새도 고약할 때

4795 ★ 뿡 브래지어 하고 자랑스럽게 가슴을 내밀었는데 배가 더 나와 보일 때

7668 ★ 신발가게 여종업원이 신발 신겨주는데 발 냄새 작렬할 때

4257 ★ "간식 잘 안 먹나봐요"라는 말에 "네 좀 그래요" 했는데 막 먹다가 들켰을 때

1448 ★ 빈 차인 줄 알고 이 손질하고 있는데 갑자기 창문 열리면서 "안 껐어요" 할 때

9579 ★ 고무줄 가지고 놀다가 모르는 사람 맞췄을 때

1102 ★ 직장에서 단체로 교육받다가 잠들었는데 드르렁 코골았어요. 500명 정도 있었는데…

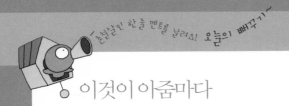

한번 남긴 한 줄 멘트를 날려요! 오늘의 빼꾸기~

이것이 아줌마다

7381 ★ 아줌마는 연속극 극중 인물을 실제로 착각하시고 실제 배우까지 욕하신다.

6469 ★ 우리 회사 아줌마들 야유회 갈 때 관광버스 타자마자 춤추세요.

9064 ★ 목욕비 아끼려고 아홉 살인 딸에게 주인이 물어보면 일곱 살이라고 말하라고 한다.

5875 ★ 애기 업고 지하철 탔는데 쳐다만 보는 학생들과 달리 자리 양보해주는 아줌마

9869 ★ 버스에 동전 떨어진 걸 보고 주울까 말까 고민하는데 잽싸게 채갈 때

6562 ★ 할인마트 갔다가 돈 모자란다고 있는 돈만 주고 가는 아줌마 봤어요.

3174 ★ 간혹 백미러가 접힌 채 운전한다.

2216 ★ 아줌마라서 공부 못 하는 아들 후라이팬으로 때려요. 전치 3주 나왔어요.

6446 ★ 지하철에서 앉으려고 하는데 저 멀리서 달려와 나를 밀치고 앉는 아줌마

4729 ★ 파마 수건 감고 백화점 쇼핑하다가 방송에서 선착순으로 선물 준다고 하니까 머리 수건 날리도록 뛰어가요.

2697 ★ TV에서 나오는 질문에 꼬박꼬박 답할 때

5066 ★ 집 안의 모든 동전을 싸들고 와서 2만 얼마치 물건을 사가는 아줌마

6485 ★ 찜질방에 모여 의논하더니 봉고차 대절해서 보톡스 싼 데라고 서울서 평택까지 간 아줌마들

4524 ★ 통화를 두 시간 넘게 하더니 자세한 얘기는 만나서 하자고 해요.

5033 ★ 사진 찍을 때 항상 45도 옆으로 틀어서 꽃 잡고 사진 찍을 때

1767 ★ 엄마가 고기 사면서 한 근 사놓고 덤으로 한 근 더 달라 했어요.

9934 ★ 드라마 보다 잠들고선 들어가서 자라고 하면 안 잤다고 해요. 그런데 드라마 내용은 귀신같이 다 알죠.

1591 ★ 내 옷 사러 가서는 아빠 옷만 눈에 들어오는지 아빠 것만 사올 때

2369 ★ 목욕탕에서 아줌마들은 아무렇지 않게 겨드랑이 털을 드라이기로 말려요.

9627 ★ 배고픈 아기에게 사람들 속에서 과감히 모유수유 할 수 있는 것이 아줌마의 힘

7616 ★ 우리 엄마는 예쁜 아줌마인데도 신발에 올라타요. 통굽이라 그렇죠. 떨어질까 겁나요.